JN092922

KUNIO
VAN PRUISSEN

SHINCHOSHA PUBLISHING CO.

クニオ・バンプルーセン

あたりの道は鉄道とともにおよそ海岸線を辿りながら延びてゆくので、南下すると左手に海が広がり、右手には青葉の豊かな丘陵という景色が多かった。安房鴨川《あわかもがわ》駅の少しばかり手前に大きな病院があって、小湊《こみなと》や天津《あまつ》のトンネルを抜けて鴨川の地を踏んだという目印でもあった。向かいには国道を挟んで美しい海が広がる。望むのは太平洋で、その汀《みぎわ》にホテルやマリーナの見えるのどけさや、白浜に打ち寄せる波のエネルギーは都会のサーファーたちの憧れであった。

初夏の日、知人の運転で別荘へ向かっていたクニオは車窓から海を眺めて飽きなかったが、長く暮らした東京の景色もちらついていた。たぶんもう帰ることはないだろうと思うからであった。定年まで数年を残して退職した彼は静かな別荘を最後の棲《す》みかにして、念願の小説を書いてみるつもりであった。そういう贅沢が許される歳になって胸によみがえるのは、流れた歳月の早さであったり、遠い日の衝迫《しょうはく》や欲念の明滅であったりした。けれども、そうした感懐とはまったく別のところに、より深遠な無窮《むきゅう》の世界が待っているように思われてならなかった。

退職後のあてどない日々、彼は不要になった書類や封筒の山を片づけながら、よくむかし読んだ小説の一節を思い出すことがあった。英語で書かれた児童文学で、タイトルは忘れてしまったが、最後の場面が今も心に取りついていた。

「ところで君はいくつになる」

「二百八十二歳です」

「若いなあ、私はもうすぐ七百歳だが、あと三百年も退屈凌ぎをするのかと思うと嫌になる、君の三百年とは濃さが違うし、体力も気力も衰えている、といって早く死にたいわけではない、命懸けの旅に出て五百歳ちょっとで死んだ友人のことを思うとやはり哀しいからね、仲間にああいう思いはさせたくない」

そう言ったのは楽園の亀であった。


ベトナム戦争がどうにか終結して父のジョン・バンプルーセンがうなだれて帰ってきたとき、クニオは小学生であった。母の真知子《まちこ》と横田基地の家族住宅に暮らして基地内の学校に通っていたが、インドシナ半島の戦争は身近であった。基地からは毎日のように戦闘機が出撃したし、級友の中には父親が帰ってこない人もいた。外の日本は概ね平和で、反戦運動が盛んなほかは凡々とした暮らしぶりのようであった。戦争の是非はともかく、日本では横田と返還前の沖縄のアメリカ軍が主力となって戦っていたので、クニオは休戦か終戦の吉報を待ちわびる気持ちであった。ある日突然、戦死の報が届くことは軍人の家庭ならよくあることで、それは地上戦に限ったことではなかった。

ジョンはニッケルと呼ばれた複座式戦闘機のパイロットで、相棒は参戦国のフィリピン人であった。任務はアメリカ軍の攻撃を自在にするために北側の地対空ミサイルの囮《おとり》になることで、ひとつ間違えば撃墜される運命にあったから、彼がベトナムへ向かう度にクニオは母とともに祈った。真知子は結婚前から基地に勤めていたので、なにかあるときの気配に敏感であった。作戦会議から戻ったジョンがいつもより優しくなったり、ちらし鮨をほしがったりするときは危険なサインで、パパといいなさい、とクニオによく言った。

「出撃するんだね」

「そうよ、今度は枯葉剤のために囮になるらしいわ」

彼女は隠さなかった。そうすることで子供を大人にしようとする算段らしかった。彼女自身も両親に勘当されて、泣き言を聞いてくれる人を持たなかったから、クニオにも早くから同じ習慣をつけさせていた。攻撃部隊に先行するジョンの戦闘機には様々な自動システムが搭載されていたが、結局は接近するミサイルを目視して躱《かわ》すしかなく、急降下が最善の方法とされていた。一瞬の判断ミスで空の藻屑である。ひとたまりもない。

「じゃあな、いい子にして本でも読んでいなさい」

ジョンは大阪かどこかへ出張する男のように言い、無事に帰ると、出張土産のかわりに基地内で買えるピザパイやアイスクリームをクリスマスプレゼントのように抱えてきたりした。すると母が飛びついて、その愉しみを箱ごと台無しにした。

「クニオ、拾ってくれ、真知子は久しぶりのピザに興奮しすぎているらしい」

気の利いたジョークが出るのは死線を掻いくぐった証《あかし》でもあった。もっとも生還しなければそんな光景もあり得なかった。

このニッケルを囮に使う自傷的な作戦は地対空ミサイルでソ連に遅れをとったアメリカの窮余の策であったが、果して多くのニッケルを失うことになり、ジョンの生還は奇跡に等しいものになりつつあった。ニッケルは五セント硬貨のことで、安い命を意味した。

ガトリング砲の名手であった相棒のマリオがやがて精神を痛めて退役すると、親しくしていたクニオは日常茶飯の戦闘機の爆音を怖れるようになった。それは勇者の音ではなく、死の使いが父を呼ぶ音に聞こえはじめて聞き苦しかった。だから彼が最後の任務を終えて帰還したときの喜びは無上であった。そのとき一家のベトナム戦争も終わったのであった。

「負けたよ、だが私は生きている、ベトナムは忘れよう」

ジョンは言った。軍人としては口惜しいものの、ほっとしているようでもあった。

「もう戦争はないよね」

「そう願いたいね」

「僕はパイロットにはなりたくない、パパのように勇敢じゃないし」

「好きにするさ、おまえの人生だ」

「勉強しなさい、あなたの手には操縦桿よりペンが似合うわ」

母はミサイルとは無縁の教師かビジネスマンになることを望んだ。クニオもそれに近い考えであったが、それからまもなくジョンはグアムの特殊作戦部隊に転属になり、ふたりは彼についていった。軍人とその家族の国外移動には出入国の手続きが不要なので、彼らはなんの痕跡も残さずに日本から消え、なんの検問にかかることもなくアンダーセン空軍基地に降り立っていた。軍人になるつもりのないクニオは最新鋭機に囲まれながら勉強し、グアム大学を目指すことになった。父も賛成し、彼は好きな読書やマリンスポーツに勤《いそ》しんだ。日本語の読み書きは基本ができていたので、本を取り寄せて独学もした。するうち日本文学の繊細さに目覚めた。

「この人の小説、おもしろいね」

「ああ、彼ならもっといいのがあるわよ」

母の勧誘もあって、クニオは佳いものを知っていった。たいていは大人の小説であったが、それほどむずかしく感じなかったし、それこそむずかしい漢字にはルビがふってあるのがよかった。どう考えても英語の文章ではできないことで、日本語は構造的に優れていると思った。自分の中の日本人を意識したのもそんなことがきっかけであった。

ベトナムの和平協定から十年もゆくころ、こちらはなにがきっかけというのでもなくジョンが悪夢にうなされるようになって、精神科医を頼る日々がはじまった。見るのはニッケルの夢で、急降下して地対空ミサイルを躱した瞬間、別のミサイルに撃墜されるというものであった。

「同じ夢だが、幾度見ても恐ろしい、なぜ今になってあんな夢を見るのか自分でも分からない」

そう言って、休日の昼寝すら怖がった。戦闘機や爆撃機に搭乗することはあっても実戦はなくなっていたので、本当にわけが分からなかった。常夏のグアムは観光客で溢れていたが、空軍基地のある北部は静かなもので淋しいくらいであった。

不安神経症だろうと医師はみて、薬をくれたが、期待した効果はなかった。見かねた真知子もいろいろやってみたが、それも徒労であった。やがてジョンは訓練飛行中に発作を起こして、居もしない敵に向かって対レーダーミサイルを発射するという間違いを犯した。次の日、彼は半ば強制的に休暇を取らされた。

「情けないが、仕方がない、退役するか地上勤務に甘んじるか、そんなことも考えなければならないだろう」

「なんとかなりますよ、いざとなれば福生《ふっさ》で働いたっていいんだし」

真知子は励ましつづけ、ジョンは自身と闘いつづけた。

そんなときに日本の大学への編入学を言い出すのは気が引けたが、クニオは奨学金をもらえることを話し、具体的になってきた将来の夢を話した。

「いずれ小説家になるか、それが無理なら評論家になりたい」

「そうか、決めたか」

ジョンは微笑みながら、こっそり別れの淋しさに沈んだ。クニオにはそういう男が見えていた。

「とてもいい考えだと思うわ」

そう言った真知子は生活を案じた。彼女の身寄りを頼ることはできなかったし、クニオは日本で生まれながら基地の外を知らなかった。日本の社会の人間関係も心配なら、東京の物価も案じられたのだろう。

「まあ、やってみるさ」

とジョンは明るく言った。

「とりあえず行きは軍用機だな、機内サービスはないが、運賃もかからない」

「いっそパパが操縦してくれないか、一度は乗ってみたかったんだ」

「そりゃあ、そうしたいが、今は免停のようなものだからな、輸送機の連中に頼んでおくよ」

その夕、彼らは街へ出かけて、日本人観光客でにぎわうホテルの鮨屋で食事をした。日本なら数倍の料金をとるであろう良心的な店はすいていて、それを知る客は白人やネイティブであった。

クニオを挟んで彼らはカウンターの席に並んだ。男ふたりの好物は鮪《まぐろ》とウニで、しめ鯖《さば》やイクラは真知子しか食べない。それぞれに好きなものを摘まみながら、話すことはクニオの未来であった。

「私のように日本女性と結婚することになるのかな、真知子のような女性なら、パパは大賛成だよ」

そうジョンが言えば、

「どんな人であれ苦労するわねえ、でも幸せな苦労でしょうね」

と真知子が茶化した。

そういうふたりの子であることにクニオは誇りを持っていたし、日本人的な考え方もできたので前途を案じることはなかった。心配があるとすればむしろ両親の前途で、ジョンが勤め上げたとしても、基地を出たら家も親しい世間もないことであった。その日までと十数年しかないことを思うと、彼も急がなければならなかった。

「もっと食べておきなさい、日本に行ったら学食のお世話になるのだから」

と真知子が言った。

「基地の食事より美味《うま》いかもしれない」

「いや、横田のは美味かったよ、日本の食材がよかったのか、オムレツやシチューなんか最高だったね」

「シチューなら、ママのが最高さ」

「ばかね、あれはハヤシライスよ」

「え、そうなの」

彼らは声を揃えて笑った。けれども、それが最後の団欒であった。その夜おそく、日付を変えて基地も静まり返るころ、ジョンが拳銃で自殺したからであった。


生活力も世間知もない若さで父親を亡くしたクニオは、それでも学ぶために真知子とふたりで日本へ帰った。命懸けの旅に出て若死にした亀の子供の気分であった。基地のほかに親しい世間を知らない彼らは、ひとまず福生に暮らし、真知子が基地の仕事に就くのを待ってクニオは都心のアパートへ移った。大学の紹介でなんとか借りられた安アパートは監獄のような狭さで、背丈のある彼はよく鴨居に頭をぶつけた。風呂もトイレも狭い。キッチンと呼ぶには情けないガス台があるにはあったが、トーストもうまく焼けない。

「卒業するまで、お金のことは心配しないでいいから」

気丈な真知子はミセス・バンプルーセンに変身して、生活の苦労や日本にもある蔑視に立ち向かった。

福生には洋風の家が多く、ペンキの塗装が似合うのも軍属の出入りする街らしいことであった。アメリカの文化というほどのこともなく基地から色彩が流れ出してきて、民家の造りや飲食店の看板に息づいているのだった。それが若者の感性に合って、よい仕事もないのにふらりとやってきて住み着く人が絶えなかった。街の雰囲気に憧れ、一度きりの青春の足しにしているように見えたが、実は彼らこそ人生を愉しめる人種かもしれなかった。憧れからはじまる人生に無駄なことはないし、もし足りないものがあるとすれば、基地の内実を知ろうとする目か、なにをしてもそこで生きるという衝迫であったろう。

休日にクニオが訪ねてゆくと、真知子は手料理で迎えて、また痩せたようね、と揶揄《やゆ》した。米食のせいか、彼はむしろ太り気味であった。

「ママこそ痩せたんじゃないか」

「恋寠《こいやつ》れって言うのよ、好きな人に会えないとこうなるの」

「新しい恋人を探すさ、俺はかまわないよ」

「パンダじゃあるまいし」

ペンキでなんとか見られる借家にひとり暮らして、自転車で通勤する女は、おそらく英語を話さなければ頼りない淋しい未亡人であった。言語にはそんな力もあったから、彼らはそのときの気分で使い分けた。

「大学の勉強はどう」

会う度に真知子は訊いた。

「小説の捉え方に違和感を覚えるときがあるけど、なんとかついてゆける、古いものほど評価が定着していて別の観点を許さない感じだね、グアム大学ならそこから議論する」

「まずは詰め込むのが日本の教育よ、議論は教室の外でするの、そのための友達が必要ね、ガールフレンドはできそうかしら」

「いかした娘《こ》が二、三人いる、そのうち声をかけてみようかと思うけど、きっと相手にされない」

「どうして」

「彼女たちにはもう恋人がいるはずだし、こっちは冴えない」

秀才の集まる大学で近現代文学と文芸批評を学ぶクニオはみるみる日本語の語彙《ごい》を増やしていったが、親友と呼べる人はなかなかできなかった。ラグビー部に誘われたりもしたが、ボールに触れたこともなかったので断った。学業と生活で目一杯の青春は、自ら選んだ頼りないレールの上を流れていった。

真知子の収入は母と子のふたつの生活に消えてゆき、手許に残るのは微々たるものであった。ニッケルを貯めてゆくような蓄財はクニオのためで、彼女自身は豊かな未来図を持たなかった。ジョンのかわりに働き、ジョンならこうするだろうということをして、夫婦のつづきを生きている。クニオはそういう母に日本人らしさを見るのであった。

編入学の世話を焼いてくれた大学の女性事務員に彼はなにかあると相談した。十四、五歳は年上であろう女はなんでも知っていて、

「ちょっと待ってて」

が口癖であったが、そのちょっとの間に役に立つものを見つけてくるのだった。忙しいのに優しく、ちょっといかしていた。

「いつもありがとう、コーヒーでも奢らせてください」

「いいのよ、仕事だから」

彼女は言った。真知子も知っている女性で、あんな人が独身でいるのはおかしいと話すと、タイプなのね、と見破った。

「彼女なら、コーヒーより焼鳥でビールがいいかもしれないわね、それも立ち飲み、そんな気がする」

「誘われたら、ママならどうする」

「小ジョッキ三杯までつきあう」

真知子は軽く煽ったが、クニオは試せなかった。学生生活は当然のことながら勉学に費やされ、女性と交際するゆとりもなかったのである。けれども彼は母の国の文学を引き寄

せているという一点で充たされていた。長くアメリカ軍の基地で暮らしてきたせいか、まだ自分の国という意識は根づいていなかった。

本読みで作家の癖や長所を知っている真知子はよい話し相手でもあった。学究でもないのにほとんどの作家の代表作を読んでいるという人は意外に少ない。クニオにとって小説はすべて人生読本であったから、真知子の読み方にも教えられた。

「私ならこうする、という反発的な読み方はつまらないわねえ、ああ、こんな人もいるのかと他者の世界を愉しめたら、実生活の役にも立つし」

「でも、作品自体がつまらないこともある」

「そういうものは国会図書館で眠ってもらうことにして、数ページだけ読みなさい、それでも気になるようなら覚悟して読みなさい」

母と子の話題は戦争から文学へ移って、ジョンがいたときよりも平和であった。日々の生活に追われる真知子が彼のアパートへくることはなかったが、彼女は常にクニオを見ていた。そのために働き、自身のことは二の次にして守った。そういう母をクニオもアパートの生活から見守る気持ちであった。いずれ自分が母を守らなければならないという気持ちもあって、アパートではもちろん、通学の電車の中でも、学食でも、たまにする日給のアルバイト先でも彼は本を読み漁った。

贅沢なテレビのかわりにラジオ放送を愉しむことを覚えた彼は、朗読番組を見つけてよく聴いた。アナウンサーや俳優の声は美しく、重く、音読の手本であった。会話文は話し方や発音の勉強にもなる。むかしは若い人も丁寧な言葉遣いをしたのだと知ることにもなった。

彼が太宰や谷崎よりおもしろく、三島や川端よりも身近な文学を感じたのは石坂洋次郎であった。書くものが先駆的で、若い女性が強く、作品世界がのびのびしている。地方が都会に負けず輝いている。日本文学は総じて暗い印象であったが、古風を嫌ってあけっぴろげであった。

戦後まもなく発表した〝青い山脈〟がよい例で、クニオは日本人らしからぬ会話を愉しんだ。英語ならどうということもないやりとりが生き生きとしているのは、当時の日本では新しいからで、思想や発言の自由、個人の尊重、旧弊の打破といったことを未来を担う若者に言わせて歯切れがよい。敗戦によって復活した作家はすでに中年で、それまで国家に押さえつけられていた信念を一気に吐き出したという気がする。大衆もそうした世界を待ち望んでいたのであろう。ベストセラーとなった作品は映画化もされて人気を博したらしい。クニオは観ていないが、映像を思い浮かべるのはたやすいことであった。それも文学の力とみてよいはずであったが、大学の教授や学生たちの評価は芳《かんば》しいものではなかった。大衆受けしたから下等な通俗小説と決めつけるのは、大衆を小馬鹿にする自称崇高な文学者か、識者を気取る世間知らずのすることではないかと疑った。

時代の先頭に立って民主主義を標榜した作家は正直で、後年こんなことを書いている。

「年をとってから書く作品は、枯淡などという言葉でごまかしているが、実際には色艶がなくなり、読者に面白味を感じさせることが難かしくなる」

この正直さが彼の原点かもしれなかった。

純文学と大衆文学の区別を持たないクニオは「佳いものは佳い」と見る主義で、おとなしい印象の日本女性が大胆な小説を書くのもよいことに見ていた。実際、日本の文壇はそうした女流たちの存在で華やいでいたし、かつて石坂が提唱したように言いたいことを言い、書きたいことを書くようになっていた。

「私が結婚したころとは雲泥の差よ」

と真知子はクニオの成長と重なる社会の変化を好もしいものに見ていた。それでいて自由に育った人間の書くものには厳しい点をつけた。

「むかしは女が作家になる条件のひとつは貧しいことだったと思うけど、今は誰がなにになろうと自由な風潮でしょう、でもね、生活や処世の苦労を知らない作家の書くものはどこか嘘っぽくなる、といってわざわざ苦労してみたってはじまらないし」

「成るべくして成るのが一番いいね」

「作家になる資質の点では、たぶんあなたは合格よ、日本語で書くつもりなら問題は文章力でしょうね」

「おっしゃる通りです」

読むことに忙しいクニオはまだ小説を書いていなかったが、ジョンの一生ならなんとか書けるという思いがあった。ただ、実在した人間を書くには若すぎるということも知っていた。

彼はニッケルの話を誰にもしなかった。裕福でのほほんとして見える日本の学生に、あのアメリカ人の自殺行為を理解できるとは思えなかったし、秘匿しなければならないという軍人の子供らしい意識も働いていた。石坂がアメリカから学んだであろう民主主義にも矛盾があって、軍隊では国家のためにという名目で個人を殺すのであった。ニッケルのかわりに特攻隊と言ったら日本人にも分かりやすいかもしれない。

そうしたことを小説の中でも書かなければなるまいと考え、ジョンが死を選ぶまでの道のりを思い巡らすことがあったが、書くのはジョンの歳になってからでも遅くはないという気がした。かりに佳いものが書けたとしても、真知子に読ませるのは気の毒であったから、彼女が老いて本を読めなくなるまで待つことも考えられた。いずれにしろ今は日本の社会に馴れることが先決であった。

「いろいろ困ることもあるでしょうけど、幸いなことに社会の方があなたに近寄ってきている、運を引き寄せなさい」

と真知子も言った。それはキャンパスを歩くだけでも感じることであったが、実社会は別物かもしれず、うまく人群れに馴染めないことも覚悟しなければならなかった。

　勉学の日々は振り返る暇もなく流れて、やがて就職の季節がくると、彼はいったん執筆の夢を脇に置いて出版社に的を絞った。社会に出て働くことは生活を築くことであり、日本を観察することでもある。奨学金の返済もあるが、これからは自分が真知子を支えなければならないし、出版社なら仕事を通して文章を磨けるだろうと考えた。

　けれども出版社の門は狭く、筆記試験には通るものの、面接で落ちまくった。出版の大手は五指で足りるが、文芸作品を扱う出版社は意外に多い。彼は目標を下げて、どうにか小さな出版社に就職した。日本のオフィスには大きすぎる図体、色黒の肌、片親といった小異を無視して採用してくれたのは海外文学や哲学書に力を入れる若い会社で、出版目録には彼の知らない作家の本がずらりと並んでいた。

「一流大学卒業のバイリンガルを蹴るとは日本の出版社もまだまだだね、うちは所帯は小さいが、見ての通り偏見はない、やる気を買う、気に入ったら働いてくれ」

　面接のときにそう言ってくれたのは作家並みに洒落《しやれ》っ気《け》のない社長で、不採用を覚悟していたクニオは髭面《ひげづら》の天使を眺める心地であった。それが運命的な出会いでもあった。

社長を入れて社員数人という泉社《いずみしゃ》は飯田橋にあって、大通りに面した小さな雑居ビルの三階が彼らの仕事場であった。社員がみな編集者であり、編集長であり、営業でもある会社の景色は場末の居酒屋かガレージのように雑然としている。それでいて、どこになにがあるかはそれぞれの頭の中で整理されているので、清掃会社の人にも床しか触れさせなかった。そんな会社であったから、クニオは新人研修もそこそこに名前すら聞いたことのない作家の本を作ることになった。任されたのは英文学の翻訳書で、翻訳家はベテランの女性であった。しかし、ほぼ完成しているという原稿をもらって原書と照らし合わせてみると表現の齟齬《そご》が目についた。思い切って指摘すると、中道《なかみち》女史は鼻で笑って、

「直訳は嫌いです、これでも文筆家の端くれですから」

そう言った。

「しかし原文と違っています」

「それは意訳といって許される範囲の彫琢《ちょうたく》です、二言語を自由に操ることと翻訳は別物ですよ、あなた、なんにも知らないようね」

結局、翻訳家に仕事を教えてもらう破目になり、そこから彼の習養がはじまった。

そのころ日本は好景気で、人々は投資と散財を愉しみ、本は出せば売れるというときであったが、お堅い社会科学や哲学書まで飛ぶように売れるわけではなかった。泉社の主力商品である海外文学も翻訳に時間がかかるので、おいそれとはゆかない。日本文学の担当を希望していたクニオは社長の寸暇を見計らって、次は有吉佐和子をやらせてほしいと直訴してみた。

「十年早いよ、まずは仕事を覚えることだ」

「有吉佐和子で覚えます」

「向こうが迷惑だろうな、それに彼女はもういない」

社長の与田《よだ》は温厚な人だが、中身は結構な情熱家で、佳いものとみれば採算を度外視したり、貧しい作家に肩入れしたりすることもあった。経営者としては失格だが、文学の流通を担う人としては申し分ない。あるとき彼は自分の仕事が片づくと、昼日中からクニオを飲み屋へ誘って話した。

「人間なんてのはなにを食って生きるかで人生が決まる、文学は栄養たっぷりのご馳走だよ、ところが味見もしないやつがごまんといる、彼らの言いわけはそんなことより生活があるから、腹の足しにならないから、他人の考えに振りまわされたくないからといったところだろう、冗談じゃない、だったらそれで食ってる俺たちは馬鹿そのものか、違うよな、それで食えるってことはとんでもなく幸せなんだよ」

クニオはハイボールグラスの薄い焼酎を呷った。与田の言うことも分からないではないが、新米編集者の思うことはずっと幼く、佳い文学を佳い本にして地道に売ればよいという単純なことであった。

「理想はそうだがね、世の中、佳い本が売れるとは限らない、読んでみなければ佳いかどうかも分からないわけだが、きっかけを求める大衆の拠り所は広告だろう、ところが宣伝に金をかけて売ってしまうような本にろくなものはない、出版社も分かっていて儲けに目が眩む、君の好きな地味な女流も販促次第で売れるはずだが、金をかけて純文学を売るのかという妙な抵抗感があるのも事実だ」

「純文学という言葉はいらないんじゃないですか、若い作家が勘違いするもとです」

「しかし、たとえば山本周五郎と中里恒子を同類の作家とみることはできない、独自の作品世界に芸術的良心を持ち込み、読者に媚びないという点では一致するのに、書くものが違うからだろう」

「それもこれも文学でいいでしょう」

「大学でもそう教えたか」

「いいえ、でも私は文学に関してはニュートラルな立場でいたいと思います」

「実は私もそうだ、もし君がおべんちゃらを言ったら、その学生面《がくせいづら》をひっぱたいてやるつもりだった」

与田はそういう人で、なにか別の才能を韜晦《とうかい》しているようなところに怪しい魅力があった。昼酒のあと彼はどこかへ行ってしまって帰社しなかったが、夜になり、机を並べる先輩の小口《おぐち》が、

「社長は別宅へご出張か、羨《うらや》ましいね」

と言った。公然の秘密らしく、与田は熱海にひとりの仕事場を持っているのだった。そこに女性が待っているというのは小口の邪推であったが、クニオはたぶんそうなのだろうと思った。与田には私生活を愉しむ余裕があったし、渋味のある中年の男に女性が絡むのは自然であった。

小口は身なりに無頓着で、仕事で外出するときも飾らずに出かけてゆくような人であったが、とにかくよく働いた。彼の好物はカツ丼と自照文学で、本作りの作業に入ると店屋物で悩むことはしなかった。出勤時間も退社時間も気にしない。そういう仕事の仕方にクニオは当初疑問を感じたが、日に日に馴れてゆき、そのうち編集者なら当たり前の日常に染まっていった。

「おいクニオ、ニッケルって英語だよな、なんのことだ」

ひとりいる女性社員がまたタフな人で、忙しいと平気で会社に泊まり込むし、言うことも行動力も男勝りであった。自分より大きな男を呼び捨てにしながら、だらだらした説明

を嫌うところも、クニオが抱く日本女性のイメージとかけ離れていた。

「金属の一種で、五セント硬貨のことを言います、つまらないものの意味でも使います」

「おまえ、自動翻訳機みたいだな」

彼女は言った。

「誉めてるんですか」

「まあな、携帯できたら言うことないよ」

女は独身で、酒豪で、白川千鶴《しらかわちづる》という名前だけがどこか優しかった。彼女に倣って、誰もが彼をクニオと呼んだ。バンプルーセンさんと呼んでくれるのはアパートの大家くらいで、それもときどきバンプルーさんになってしまう。

「泉社のクニオと申します」

彼自身がそう挨拶するようになるのに理屈はいらなかった。

翻訳家の中道麗子《れいこ》とやり合った挙げ句、さっぱり売れない本ができると、クニオは自分の給料がどこから出るのかと考えないわけにもゆかなかった。懸命に働いたからといって利益を生まなければ、ほかの社員の働きにおんぶしていることになる。そういうことの嫌いな彼は、与田に、

「私は日本文学の方にあらゆる可能性を感じます、お願いです、やらせてください」

とまた言っていた。

与田は彼を連れ出して、バイリンガルのメリットを捨てるのはもったいない、一冊売れなかったくらいでめげるな、翻訳書は息が長い、と諭した。それでも日本文学をやりたいという気持ちを抑えきれずに、クニオは我儘を承知しながら訴えた。

「文学賞の方から飛び込んでくるような作品を本にできたら、会社も潤います、それを英訳して輸出するという手もあります、幸い私は両方とも校正できます」

「だがなあ、クニオ、現実の問題として、うちで本を出してほしいなんて声をかけてくれる作家はいない、こっちから話を持ちかけてなんとか書いてくれたら御《おん》の字というのが現状だ、君が、その図体で、片惚《かたぼ》れの女かなにかのように哀願したところで、彼らは動かないだろう」

「新人ならどうでしょう」

「それこそ売れない、傑出した才能なら別だが、ごっそりいる大手の編集者が黙って見ていると思うか」

「会えさえすれば、文学について話しながら説得する自信はあります」

しばらくして与田は折り合う言葉を口にした。

「そこまで言うなら、一度やってみるか」

「ありがとうございます」

「その前にあと五冊、翻訳書を作れ、それからだ」

クニオは騙された気がしたが、その日から五冊の先に待っている日本文学を目指して突きすすむ気持ちになっていった。

文学に関わる仕事はそれだけで意義があるように感じられるが、現実は精読と間違い探しの旅をつづけながら、作家の意図を把握し、作品の真価を分析することであった。それなしに帯のコピーは書けないし、売り込むこともできない。「ニッケルの死」に負けない文学かどうかが彼の手っ取り早い評価の基準になっていて、そこを超えていない作品に出会うと脱力した。自ずと本作りの作業にも力が入らない。人間は勝手なもので、失望すると次の作品へ気持ちを切り替えてゆく。しかしこれはと思う作品に巡り合う確率は、待っているだけの編集者にとってはただの仕事運のようなものであったから、彼はその可能性を感じる作家を探した。そうして仕事にのめり込んでゆくほど、おかしなことに日本文学の精華に組み敷かれるような気がした。

人手の足りない出版社では校閲は外注になるので、ゲラの戻しを待つ間にも彼は新人作家の小説を読み、よければ丁寧に感想を書いて送った。拙《まず》ければ口直しに佳い小説を読み返し、その興奮を引きずって仕事に還るということを繰り返した。すると一日がなんとなく輝き、充たされもしたが、会社の業績は不振であった。

「世間は好況だというのに、うちは不景気だな、こういうときは浮かれている世間への警句に限る、誰かアフォリストに心当たりはないか」

月例の会議で与田が発破をかけたが、現状で目一杯の社員のすることは同じであった。

「山田風太郎さんの発言やエッセイを集約してみてはどうでしょう、名言のゴミ箱のようになっています」

クニオは提案してみたが、彼らには大物すぎて実現の可能性は低かった。一時代を築いた作家の高齢化がすすんで新興勢力がバトンをつないでいたが、クニオの目に光るものは少なく、文壇の主力は頼りなくなっていた。天才でもない限り、ひとりの作家の中で文学が熟成するにはそれなりの歳月がいるのだった。

その年の秋、石坂洋次郎が逝き、追いかけるように円地《えんち》文子《ふみこ》が旅立つと、彼はいつになく息苦しい渇きを覚えて〝女坂〟を読みはじめた。


夜おそく新宿のアパートへ帰り、シャワーを浴びて寝るだけという日常は、日本人の仕事中毒に染まっていることを意味したが、クニオはそれも学習だと考えた。週末にまとめて家事をし、真知子の都合がよければ福生へ出かけてゆく。

「大学はどう」と訊くかわりに「仕事はどう」と訊くようになった女は相変わらず気丈で、淋しいはずのひとり暮らしを苦にしていなかった。居間の隅に小さな丸テーブルがあって、ガラスの花瓶に活けられた雑草の花を見ると、クニオはなぜとなく安心した。

「この間の本、硬かったわねえ、読むのに気力がいる小説というのはどうかしら」

真知子は本読みの立場から率直に話した。

「あれはすすんで作りたい本じゃなかったけど、新人のうちはああいう仕事も仕方がないと思っている」

「軍隊なら二等兵ですものね」

「昇進したら日本文学をやるよ、大学の同期生に作家になった人がいる、小難しいことを書いているが、社会勉強が抜けているせいか中身は幼い、彼のようにはなりたくない」

クニオは編集という仕事を好きになりかけていたし、遠い先を夢見ていられるほど若かったが、真知子は年々老いてゆく年齢であった。早く生活を築かなければならないという気持ちと、仕事に馴れるのが先だという気持ちがいつも闘っていて、真知子に会えば生活だと思った。しかし、彼の収入では当分今の暮らしを変えることはできそうになかった。

「給料が出たから、今日は鮨でもとろう」

「もったいないわ、お刺身を買ってきて手巻き鮨にするのはどう、ちょうど日本酒もあるし」

「それもいいね、じゃ俺が買ってこよう、自転車を借りるよ」

「ついでに海苔もお願い」

そんなことが彼らの贅沢であった。

真知子は月に一度、街の子供に英語を教えて生計の足しにしていたが、内職の域を出ないものであった。基地に勤めて安い買物ができることに、いくらかの豊かさを味わい、生きてゆく自信にしている。クニオを頼らないのは彼女の生き方であろう。だが気丈な女の顔は息子のために作るのかもしれない。基地にはもうジョンが乗った戦闘機はないが、彼を思い出さずにいられない環境を愉しめるはずがなかった。

暮れ方、極東放送網が流す音楽を聴くともなしに聴きながら、彼らは酒食とお喋りを愉しんだ。真知子が知人からもらったという日本酒が結構いけて、白ワインのような口当たりであったから、酒がすすんだ。クニオは思っていたことを口にした。

「そのうち今のアパートを出ようと思っている、もう少し小綺麗なところへ移って、お金を貯めたら一緒に暮らそう」

「ありがとう、でも私の歳と経歴で都心の勤めは無理よ」

「仕事は辞めて、主婦に戻ればいい」

「あなたが結婚したら、また出てゆくことになる」

「そのころにはマンションか家を買うよ」

「大きな事を言うわね」

そう言いながらもうれしいらしく、やはり自分の家はいいでしょうね、と真知子は思い巡らす目をした。ジョンが生きていたら、いつか小さな中古住宅を買って犬を飼うのが夫婦の夢であったという。

「退役したら、ふたりでアメリカへ帰るつもりだったの」

「いいえ、ジョンには帰る家がないの、故郷といっても縁の薄い街だから、日本の田舎にしようかって話していたわ」

クニオには初耳のことで、老いたジョンが日本の田舎に暮らす姿を想像するのはむずかしかった。彼は日本語も達者ではなかった。

「私も実家はないようなものだし、あなたには血縁に代わるよしみが必要ね、たくさん友達を作って、恋愛もして、いい人がいたら結婚しなさい、守るものができると働く張り合いにもなる」

「そうだね、ママのような人を探すよ」

「それはだめ、もっと賢く、教養も勇気もあって、あなたが困ったら助けてくれる人にしなさい、私がジョンを助けられなかったのは彼の苦痛に鈍感だったせいもある」

真知子は目を落としたが、そうして今も夫婦を生きているのかもしれなかった。ジョンの自死を事故として薄めてきたクニオは、正解のない宿題を思い出した気がした。どうにか生活しているときであったから、仕事を措いて突きつめる余裕もないのだった。正解は文学の中にあるような気もした。

「ところで花はどこで摘んでくるの、この辺に野原があったかな」

「基地の外の道端よ、ときどき中のも盗んでくる」

「タンポポも食べられるって本当かな、栄養があるようには見えないが」

クニオは気を変えて、鮨を巻き、愉しい夜を演出した。真知子にはもう少し楽に生きてほしい、といつもながら願った。

夜がすすんで酔いがまわってくると、真知子はいつもならその時間に読む本の話をした。少し古い文庫本が好みで、たまに大きな街へ出かけて買いだめしてくるのだった。

「今度、神田で買い集めて送ってやるよ」

「本との出会いは縁なのよ、自分の目で棚を眺めるうちに引っかかるものが見つかる、勘を頼りに選ぶ数百円の本に一万円の物語がつまっていたら得した気になるでしょう」

「たとえば」

「石川達三、読んだような気になって、しっかり読んでいなかったのね、そういうものは古くても新鮮だから読み応えがある、三浦哲郎や水上勉なんかも今読むと別の味がするでしょう、あなたは読んだの」

「うん」

「吉行淳之介は」

「もちろん」

「半村良はどう」

「彼の〝雨やどり〟はおもしろかった、ああいうものは日本人にしか書けない気がした」

まだ世馴れないクニオにとって、東京の裏通りの人間模様を描いた小説は現実の世間の手応えがあって充足につながった。そういうものからも彼は日本を学んで、少しずつ自身を染めながら、社会に同化しようとしていた。外見は意識のほかであった。小説の一節を思い出していると、

「女流はどうかしら」

と真知子が訊いた。

「まだ読んでいない本がたくさんある」

「日本の女流はへたな男より剛力よ」

彼女は言い、芝木好子の短編を読んでみるようにすすめた。

「うちには文庫しかないけど、カバーにも雰囲気があるわ」

「その本、貸してくれない」

「いいけど返してね、幾度も読んでいるのに急に読み返したくなるから」

「いい小説らしい」

「保証します」

次の日からまた勤めのある真知子はそれからまもなく休んだが、夜の遅いクニオは眠るのが惜しくて芝木を読みはじめた。ほどよい長さの物語にはやや古い女性がつまっていながら、その空間も文章も美しい。

「これが日本語か」
そう思わせる言葉の流れに彼は快く酔ってゆき、明日の朝早く帰ることも忘れて、古びた本のページを繰《く》っていった。描かれている景色や生活はもう見られないが、文章家の筆にかかると映像のように見えてくるのがよかった。英語の世界とは異なる感情の持ちようのせいか、うっすらと余情を醸す終わり方がまたよかった。川端より繊細な心の揺れを描きながら、ある部分は剛力で激しく、見据えた世界のためにふさわしい言葉を選ぶ作家のようであった。

明けの日、彼は新鮮な興奮を抱いて新宿へ帰っていった。待っている仕事は相変わらず翻訳書であったが、よいものを作ろうという編集者なら当然の気持ちに還っていた。真知子と過ごす一日はそうした意味からも貴重であった。しかし、母と子の寧日《ねいじつ》としてはぼんやりを欠いていたかもしれない。

手持ちの文章が媚薬にも毒にもなる編集者の生活へ戻ると、彼は小説の編集校正の視点に余情を加えた。作者の意図が生む余情と、書き流した文章が勝手に生む余情があって、偶然の産物である後者は自然だが安っぽい。日本語の場合、それまで見えていた情景を一変させるような数行を描き足すか、思い切って無駄な文章を削るかすれば小説の表情が変わると気づくと、彼は原作者にその旨を伝え、翻訳家に訳補をすすめた。けれども結果は散々で、

「悪い冗談としか思えない」

原作者の反応は冷たく、翻訳家は作家の持ち味を乱すことを嫌った。英文学にも英語ならではの余情があるからであった。

小さな挫折を味わい、出過ぎた真似を知ると、クニオはさっと忘れて芝木の世界へ還った。自分の居場所はやはり日本文学だと痛感した。その後も責務の編集作業に集中しながら、目の端に日本文学を見ているような日常がつづいたが、よいものができればそれなりに充たされた。狭い社内をぶらぶらしながら的確な指示をふりまく与田が、あるとき装幀の色校を見て、

「英語版よりいい本に見える、作家も喜ぶだろう、その調子でやれ」

と言った。

「六冊目です、約束を忘れないでください」

「人間には失言ということもある、思い通りにならないときは演歌でも食らえ、業腹《ごうはら》の足しになる」

そんなことを言いながらクニオの机の文庫本に目をとめた男は、いいものを読んでいるな、とそっと肩を叩いた。なんでもお見通しの彼が、芝木の渡欧を告げたのはそのあとであった。クニオは知らなかったので、飛んでゆきたい衝動に駆られた。通訳でもなんでもいいから彼女のそばにいて、一流の作家の呼吸を体感してみたかった。だが、それが芝木

の最後の旅行となって、帰国すると国立がんセンターに入院したと伝わってきた。

クニオは他社の担当編集者から、

「あんな﨟長《ろうた》けた女流はいませんよ、芝木さんは今も冷静です」

そう聞くと、失礼を承知のうえで会ってみたかったが、病身の苦しみを思うとやはり憚られた。しばらくして芝木は退院したものの、病状は思わしくなく、その後も入院と退院を繰り返しながら、ひっそりと人生を閉じていった。その間にヨーロッパ旅行の産物とも言える〝ルーアンの木蔭〟と〝ピースの丘〟を自身を恭子とする私小説の形で書き上げた強さは、一度きりの生を全うしようとする人間の最後の力であったろう。その、たやすくはできない美しい終わり方を思うと、クニオは震えた。人の死に、つまり生に、もし重さがあるとしたら、ニッケルとは比較にならないからであった。

芝木好子の終焉と前後して昭和に別れを告げた日本はバブル経済が崩壊し、なにか豊かな流れが途切れたときの淋しさが漂うようであった。文学に関わる者なら、芝木の死と結びつけて考えないわけにゆかないような偶然だが、文中に移ろう時代をとどめる作家とは得てしてそういうものかもしれなかった。誰もが感じているのは日本がまたひとり美しい生を知る作家を失ったということであった。

クニオが余情を持て余していると、

「おいクニオ、ちょっと手伝え」

と白川千鶴の声が聞こえてきた。なにがあっても目の前の仕事に没入できる人で、それはそれで彼女の長所であったが、見ようによっては淋しい姿であった。クニオは食事がてらその辺の居酒屋で演歌でも聴きたい気分であったから、一仕事終えたところで誘ってみた。

「しょうがねえなあ、一杯だけだぞ」

彼女は言い、さっと立ち上がってカーディガンを引っかけた。あとからついてきた小口が、誘ってもいないのに、俺は三十分で戻るぞと言った。それが二時間になっても、三時間になっても、彼らは気にしない人種であった。息抜きというよりは皮肉たっぷりの語らいを愉しみ、ときに高尚な話を交え、仕事で溜め込んでしまう憂《う》さを元気な奴になすりつけるというのが編集者の飲み方であった。クニオは芝木が話題にのぼるのを当然のことのように期待しながら、歩いていた。この手の喪失感は人と語らう中で昇華させるのがよかったし、思いがけない言葉を聞けるのも編集者の口であった。

外へ出ると小さく見える白川千鶴が、クニオの腕に手を絡めてきて、財布を忘れてきた、おまえ男になれよ、と言った。そういう女にも馴れてきたクニオは彼女の肩に手をまわして、半ばしょうことなく請け合った。すると、なんらそうした感情のない仲にも、ある種の情緒が醸されてゆくから不思議であった。肉体は物言う代物なのであろう。東京は残暑の季節であったが、夜の風が冷えるようになって、その移ろいが高飛車で華奢な女の肩にも爪を立ててとまっているかに思われた。

初夏の日、与田の一声で日本文学への移行が決まると、クニオは短い夏休みの間に新宿のアパートを引き払って、会社にも近い市ヶ谷へ引っ越した。働きづめの生活でそれなりに貯えができていたし、真知子を呼びたい気持ちもあったが、

「まだ働けるから」

と彼女は同居を拒んだ。いつでも会える距離にいることで安心するらしかった。そういう母の自立心にクニオは甘えた。

新居はどうにかマンションと呼べる建物の一室で、人を招じられる広さと清潔なバスルームがある。窓外の眺めも新宿の街より落ち着く。東京の暮らしにも馴れ、習養も積んだ彼は、そこを根城にして存分に日本文学と向き合うつもりであった。

名作の復刻版からはじめろ、と与田は指示した。著作権が消滅したか、絶版状態にある作品をよみがえらせる作業には使命感がつきまとうので、クニオの性分に合っていた。

「泉社から本を出したいという変わり種を発掘しろ、無駄飯を食うことになるなら英文学もやれ」

与田の期待は贅沢で、クニオは業界を飛びまわることになった。

数ある文学賞のパーティにできるだけ顔を出し、作家や書評家に挨拶し、他社の編集者にも顔を売ることからはじめた。人中《ひとなか》にいても容姿が目立つので、すぐに覚えてもらえるのはよいが、立ち話では相手が自分を見上げることになるのが不都合であった。けれども相手が馴れてくれた。

パーティに駆け出しの作家は招待されないので、そちらは自ら足を運んで接近するしかない。文芸誌を読み漁り、新人賞の受賞者にアプローチしたり、どこから出てきたとも知れない若い才能に期待したりもした。新人賞を主催しながら受賞者に目をかけない出版社があると知ると、彼は真っ先にコンタクトした。右も左も分からない新人は声をかけてくれた出版社を信頼するからであった。

復刻版の編集作業は愉しい反面、欠点を見つけても改稿ができないためにストレスをためることにもなった。もっとも誤植を見つければ永遠の綻《ほころ》びを繕う気がしたし、本文を新しい書体でゆったりと組むことで美しく仕立て直しているという職人めいた心境にもなった。

新人発掘にひとつの可能性が見えてきたのは翌年の春のことであった。注目株のひとりに田畑歩美《たばたあゆみ》という大学生がいて、同人誌に果敢なものを発表していたが、あと一歩のところで小説を壊してしまう癖があった。永遠の疵《きず》かもしれない。だが、いずれ佳い小説を書けるであろう表現力はあるとみると、彼は会いにいった。

市ヶ谷から早稲田は近い。出社前に大学の近くの喫茶店で会うことにして出かけてゆくと、いかにも学生ですといった化粧の女がふたりいて、田畑歩美と連れであった。

「泉社のクニオです、田畑さんですね」

女たちは口をあけて見上げた。電話で自分の風貌は伝えていたが、驚きを隠せない年頃なのであった。彼は名刺を渡して、しばらく待っていたらしい女たちのために新しい飲物をもらった。

「同人誌の仲間の江坂《えさか》さんです、編集者に会うのは初めてなので同席してもらうことにしました、私は口下手です」

「そんなふうには見えませんね、まあ気軽に考えてください、江坂さんも小説を書くのですか」

「はい、でも下手です」

助っ人の方がおとなしい印象で、人見知りをするのか、据わらない眼差しであった。声もか細い。よく見かけるタイプの日本女性だが、クニオは好感を抱いた。ぽちゃぽちゃとした若さの居住まいが、自然に場を和らげて好もしかった。

「同人誌にお名前を見ませんでしたが」

「恥ずかしいのでペンネームで発表しています、遊ぶ里と書いてユリといいます」

「あ、分かりました、では田畑さんと一緒に話しましょう、率直になんでもおっしゃってください、面接試験ではありませんから」

クニオはまず歩美の最新の作品のことから話した。〝扇情〟と題した掌編は、仰天の恋愛関係を描いて読ませるが、心に残るのは文中の表現でしかない。編集者の目には結末を変えたら佳作に変身する可能性がありありと見えて、惜しいという気がする。読後、タイトルがすんなり腑に落ちてこないもどかしさもある。それでいて彼女にしか書けないと思わせる文章が光るのだった。

「田畑さんの作品はいくつか拝読していますが、どれも結末がよくありませんね、なんとか終わらせてしまうのではなく、結末を考え抜いてから書きはじめてはどうでしょう」

「大雑把ですが、私なりに考えてから書いています、結末が甘いのは気力の問題かもしれません」

「これでいいや、といった感覚ですか」

「そんな感じです、書きはじめるときは全く違うのですが、集中して書くうちに疲れてしまいます、同人誌の編集長にも倒れ込んでゴールする短距離ランナーのようだと言われました、ダッシュを繰り返すような書き方で持久力がないんです」

結構しゃべる女は自嘲して目を伏せた。あれこれ考えることは好きだが、書くとなるとせっかちで、冷徹に描くことが苦手な性格というのは厄介であった。そういう癖は直らないことが多く、それはひとりの作家の作品をいくつか読めば分かることでもあった。作風とか持ち味といえば聞こえはよいが、手抜きといったらどうであろう。彼は好きな作家を訊いてみた。

「一番はマンスフィールドです、彼女のように緻密な短編を書けたら幸せです」

「人間の描写なら、向田や芝木の方が上でしょう、海外文学は魅力的ですが、まず足下をよくご覧になってください」

「芝木って誰ですか」

「芝木好子です」

「ちっとも知りませんでした」

若い人の読書はそんなものかもしれなかったが、小説を書くなら佳い作品を知ってゆくのも才能のうちであろう。十年もして作家になっていたら知らないことが恥ずかしくなるだろうし、二十年もしたら追いつけないことに悩むはずであった。

「江坂さんはどうです」

「芝木作品は好きですが、私たちの世代には古い日本人に見えます、読んでいていいなあと思いながら、丁寧な言葉遣いや決断の仕方に抵抗感を覚えることがあります」

「そうですね、しかし、そういう人間を書けない人の方が増えています、困難の少ない平均的な社会になっても人間は一通りではありませんよ、丁寧な言葉遣いをする人が自分の周囲にいないからといって、日本中にいないと考えるのは間違いです、一流の人間は常にどこかにいるものです、私はそう思います」

「でも、実際にそういう人に出会わなければ実感できません、小説の中でも嘘っぽくなります」

「その論法でゆくと、時代小説は成り立ちませんね、無から強引に生み出すから嘘っぽくなる、経験を溜めなさい、すると人も見えてくるはずです」

「がんばります」

「お二人とも就職活動で忙しい時期かと思いますが、余裕ができたら田畑さんは一度長編に挑戦してみるとよいかもしれませんね、嫌でも持久力がつきます、それから短編に戻ると良くなるような気がします、あなたの文章や作風からするとマンスフィールドより向田を目指すべきでしょう、追いつけたら貴重な存在になります、そのときは私に本を作らせてください」

「そんな日がくるでしょうか」

歩美はそう言いながら、その日を思い巡らす表情になっていった。自分の才能を疑いながら目を光らせるのも若さであったから、クニオは女の人間的な成長にかける気持ちで励ました。まだ女の子と言ってもいいような学生を相手にすると、いくらか老成している自分を感じ、生きている空間の違いを感じないわけにゆかなかった。出社すれば他人の文章と闘う人間であった。

「なにかを書いてみたいではなく、なにを書きたいかが重要です、それが小説の結末に結びつきます」

彼は幼い日の自分に向かって話すように言っていた。

「それのできない作家は予定調和が嫌いだとか言って逃げます、言い換えるなら彼らの書くものは気分の流れでしかない、まぐれで佳いものが生まれたとしても続きません、書き急がないことです、量産すれば巧くなるなどという作家がいますが、あれは勘違い人間の嘘です、小器用になることと表現を磨くことは別ですからね」

「お話は分かりますが、具体的になにをどうすればよいのか分かりません」

「ゆっくり考えてください、方法は人それぞれです、方程式はありません」

スカウトを期待していたらしい歩美は漠然とした話に戸惑っているふうであったが、一介の編集者に言えることはそんなことでしかなかった。唾をつけるだけの話のあと、彼は江坂ユリにも同人誌に発表した作品を書き直すことをすすめた。歩美ほどの表現力はないが、こつこつと学んでゆくであろう精神の力を感じるからであった。

「書き直したら、読んでもらえますか」

とユリは訊いた。

「いいですよ、連絡先を添えて社へ送ってください」

「そのうち就職ですし、うかうかしていられませんね」

「書く人はいつだってそうです」

今どきの就職活動のことや出版社の普通とは言いがたい勤めのことなどを話して、彼らは別れた。女たちは大学へ戻り、彼は社へ向かった。会う前は歩美に可能性を感じていたが、話してみるとユリにもなにかしら佳いものを物する気力か、伸び代《のしろ》があるような気がしはじめていた。

しかし大学生のユリと会ったのはそのときだけで、人と会うことにも忙しいクニオはときどき電話をくれるようになった歩美から無事を聞くくらいであった。熱心に書いていると聞くこともあったが、原稿が彼のもとへ届くことはなかった。こちらから催促するような相手でもない。するうち別の有望株が現れては消えてゆく世界であった。

そうして人との出会いを重ねるにつれて彼はニッケルを忘れていったが、福生へゆけば嫌でも思い出したし、母の真知子の暮らしぶりに、しなくてもよかった苦労を見ることもあった。不安や淋しさを顔に出さない真知子は会えば明るく、気丈夫な女を演じたが、キッチンのゴミ箱にはたいした野菜屑も見えなかった。お互いの中に別々の人生がくっきり浮かぶようになってから、母親はささやかな喜びを味わい、子は苦い思いを味わった。当然でしょ、これでも私は自分の人生を生きているつもりよ、と彼女は言った。しかし世渡りの点では要領が悪く、貧乏くじを引く癖があったから、その人生がクニオには不幸の延長線上に転がっているように見えて仕方がなかった。読書を心の糧《かて》にする人ではあったが、効用が目に見えることは少ない。キッチンのゴミ箱が豊かなときはまれであった。彼が帰ってゆく日のゴミ箱は違う。手土産の包装紙や食べ残しが目につく。文学はどこまで人のためになるのだろうかと疑いたくなるのもそんなときであった。

社員の顔が揃う午後の社内は張りつめた空気の中で人間が弛緩して、女も煙草を吹かしていた。泉社でも翻訳書を手がけ、次を期待していた作家の訃報がアメリカから飛び込んできたのであった。彼のエージェントに宛ててクニオが弔意のファックスを送ると、ほかにできることもなかったが、しばらく作家の生涯やその作品を思うのも彼らであった。担当した小口は柄にもなく茫然として、社長に肩を叩かれても顔をあげなかった。会ったこともない作家の死が身近な人のそれより重く感じられたり、絶望に近い喪失感を覚えるのは、信じられる才能が消えたことへの怒りのせいかもしれなかった。

「さあ仕事に戻ろう」

と与田が言った。彼も自身の衝撃を宥《なだ》めているはずであったが、折々の感情を持て余しながらも、抱えている仕事を進めるしかないのが編集者であった。そういう先輩たちの姿をクニオは美しいと思った。

普段の彼らは勝手気儘で、偏執的で、妙な自信を纏っているのだったが、それらに正当性を感じられる瞬間でもあった。人の書いた文章を相手に闘う人間らしく、念力を張り巡らした殻の中へ戻ってゆくとき、彼らは強くなるのであった。

「クニオ、このしみったれた一文、おまえの言葉でなんとかならねえか」

白川千鶴が声をあげると、クニオは立ってゆき、それが白川さんの仕事でしょう、と言ってみた。すると微かな笑いが起こった。

「か弱い女性に向かってなんだよ、もっと優しくできねえのか」

「人にもよります」

「口が減らなくなったな、突っ立ってるだけなら用はねえよ」

彼女流の踏ん張りと分かっていたから、クニオは笑いながら退散した。

机にはゲラや資料を塀にして紙が広がっている。復刻版の編集を終えて本作りに入っていた彼はカバー案を見つめた。泉社の本は爆発的に売れることもないかわり息が長いので、すぐに飽きられてしまう大仰なデザインのカバーは意図して作らない。ちょっと見には地味だが、風格がある。日本文学の名作が詰まる本はさらに美しくなければならないとクニオは考え、装幀家にエンボス風のカキツバタをあしらうことを提案し、装幀家は期待に応えてきた。数種類の表情を見せるカキツバタは日本的でありながら、うっすらと洋も匂わせる。世界で翻訳されるべき作品たちにふさわしい。

「このカバーでいきたいと思いますが、どうでしょう」

社長の与田に見せると、彼はしばらく見入ってから、

「悪くない、本として気品がある、洒落た帯を巻いたら満点だ、おまえがこんな本を作るとはなあ」

そう言った。エンボスと見紛うカキツバタが意外だったのか、外国人の容貌をしたクニオが日本的な意匠を理解していることが不思議だったのか、いずれかであろう。クニオは一度で決まったことにほっとした。

「ところでウィルの本を作ってみないか、彼の小説はまだある、君なら翻訳家の文体を修正できるだろう」

今の仕事ぶりを認めておいて、与田はさっと話を切り替えた。

「作品によっては君自身が翻訳するという手もある」

「小口さんが担当の作家です」

「彼には別の作家を担当してもらう、その方がいいような気がする」

「小口さんに恨まれます」

「しばらく先の話だ、そのころには小口も落ち着くだろう、まあ考えておいてくれ」

訃報に接したばかりであったから、クニオは与田の切り替えの早さに感心しながら、戸惑いもした。小口に聞こえなかっただろうかと案じたが、いつのまにか彼は姿を消してい

た。

席へ戻ると、最も歳の近い秋庭《あきば》が寄ってきて、カバー案を覗きながら、

「やるねえ、一体このセンスはどこから生まれるんだろうね」

と言った。

「まぐれのインスピレーションですよ、いつもこうはゆきません」

「そりゃあ、そうかもしれない、しかし一度できるってことは次もあるってことじゃないか、うらやましいね」

彼も本作りの最中で、装幀で苦戦しているせいであろう、佳いものを目の前にして本当にうらやむ口調であった。手間も費用もかかるエンボスを使わずにエンボスに見える工夫をした装幀は、先輩の目にも斬新なのであった。クニオは装幀家に目論見《もくろみ》を伝えて待っていただけであったが、できてきたものは彼の目をも驚かせた。言ってみるものだというのが正直な感想で、そこまでの完成度を期待していたわけではなかった。だからこそ霊感に等しい着想の勝利とも言えるのであった。

「実にいいねえ、まいったよ」

秋庭は繰り返した。限られた予算の中でも知恵を絞ればできるということを彼は実感していたらしかった。嫉妬する気持ちもあるかもしれない。普段は無駄口をきかない、やや陰湿な、仕事一辺倒の人であったから、そばにじっと立っていること自体が羨望《せんぼう》か憧憬《しょうけい》の

表れであった。

「君は内《うち》にいいものを持っているね、見えてくるんだよ、この紙切れのうえに」

「まぐれですよ、買い被らないでください」

「俺はこう見えても芸術を齧《かじ》っている、まぐれかどうかくらいのことは分かるさ」

彼は皮肉な口調になりながら、コピーをもらっていいか、手本にする、と言った。本ができるまで待てないらしかった。クニオが手ずからコピーをとる間も、じっとそばに立って見ていた。

「ありがとう、今夜はこれで一杯やるよ」

彼らしい賛辞ではあったが、どこか陰々とした夜を想像させてクニオは心から笑えなかった。

そのときコピー機の近くにある経理部から主任の女性が出てきて、クニオさん、ちょっと呼ばれた。経理部といっても年配の女性がひとりいるきりの小部屋である。

「先月の経費ですけど、まだ申告できませんか、整理する時間がないなら、私がやってあげますから領収証を持ってきなさい」

意外にも親切な言葉であった。

「精算は毎月きちんとしないと後で不都合なことになります」

「すみません、今日中に片づけて、ここに置いておきます」

「あなた、働き過ぎじゃないの、自分で加減しないと誰もとめてくれませんよ」

「そうですね、気をつけます」

クニオはありがたく聞いたが、寝れば疲れのとれる若さのせいか、重く受けとめることはしなかった。言葉はそのまま真知子へくれてやりたかった。

カバーと帯の最終案を決めて装幀家に伝えると、その日の仕事は終わったも同然であった。領収証を整理し、ついでに乱雑な机の上も片づけ、何本か電話をすると、もう夜であったが、彼はまた人に会いに出かけた。

春寒《はるさむ》のせいか、通りには颯爽と歩く人影もなかった。ビルやレストランにはまだ暖房が入っている。待ち合わせたホテルは地下鉄の駅から歩いてもゆけるところにあって、東京では古いホテルのひとつである。

約束の時間に五分ほど遅れてバーへ入ってゆくと、カウンター席の中央に堂々とした女の姿があった。目が合うと、アニーは挨拶代わりに指先を挙げて微笑んだ。やはりアメリカ人と日本人のハーフで、日本に生まれ、日本語を母語とし、翻訳を仕事にしている。

「女性を待たせるなんて」

今度はこぶしを見せて彼女はそう言った。

「たった三分だよ」

「それで別れるカップルもいるわ」

「カップヌードルを食べたことがないんだろうな、四分待つと熱くなくていいのに」

使う機会の少なくなった英語で、ふたりは話した。そうする方がなにかと都合のよいときがあるのは容貌のせいかもしれない。アニーは翻訳家の中道麗子の弟子で、クニオはその文章力に目をつけていたが、幾度か会ううちに近しい雰囲気にも惹かれていた。肌が合うという言葉が自然なふたりでもあった。クニオはビールをもらい、女の化粧水の匂いを愉しみながら、悪いニュースから話した。

「ウィル・コスタが亡くなったそうだ、会社がいつになく暗くなってね、脱出してきた」

「そんな歳だったかしら」

「七十二、三だろう、若いといえば若い、君の訳で読んでみたい作家だった」

「今の私には無理ねえ、もっと年をとらないと相手にならない気がする」

「弱気だね」

「翻訳家は自分の文章とともに成長するのよ、上質な作品には上質な日本語で向き合うしかないでしょう、私の文章はまだそのレベルには達していないということ」

自身の力量を冷静に把握している女は、どうにか独立して仕事があることにほっとしている段階であったが、クニオはやる気になればできるという気がしてならなかった。それだけ良い日本語を書いたし、作品によって変える文体のセンスもよい。足りないのは知名度と仕事運であったから、彼は手助けをしたい気持ちであった。よい仕事を世話することは彼女のためであり、いつかその力を借りるであろう自分のためでもあった。

「年をとってからいい仕事をしようなんて思っていても、実際そのときがきたらできないと思うね、若いうちにハードルを上げて挑むことをしなかった作家が急にうまくなることがないようにね」

久しぶりに会っていながら、ふたりは一杯目のビールからそんな話をするのが常であった。仕事を介して絡みはじめた男と女の仲は仕事へ還ってゆくのかもしれない。ふた月に一度のデートが月に一度、半月に一度になってゆくなら、それは抑えがたい性欲か恋のいずれかだが、今のところクニオはその区別すら曖昧であった。少し贅沢な酒と食事のあとの睦み合い、とお定まりのコースをアニーも愉しみ、彼も会えばそうなることを期待している。それでいて遊びという感覚でもないのが恋愛らしいところではあった。

酒のあと、彼らはレストランへ移って最も安いその日のお勧め料理か、間違いのない定番の一品料理をもらって、ホテルならではの雰囲気を愉しむ。散財はそのときのクニオの度量のうちに限られた。

「ずっと思っていたんだけど、あなた、大きな手できれいな食べ方をするわね、見ていて気持ちがいいわ」

「ありがとう、君もきれいだよ、どこでマナーを覚えたのかな」

「先生は父、あなたは？」

「母、アメリカ人の父よりフォークの使い方が上手でね、箸のように軽々と使う、父は男らしく口へ運べばよいという人だった」

「私の父は小言ばかり、躾《しつけ》という名目で一家の主《あるじ》を気取っていたのね」

保守的なアメリカ人だったと過去形で話すところをみると、早世したか、もうつながりのない人になっているらしかったが、それはクニオも同様であったから穿鑿《せんさく》することはしなかった。かわりに彼は今日の目的でもある仕事に話を戻した。

「さっきバーで話したことだが、真剣に考えてくれないか」

「ウィル・コスタのことかしら」

「ああ、うちでなにか出そうという話になっている、やる気があるなら君を推薦する」

「作品にもよるけど、かなり時間がいると思う、待てるの」

「三年でどう、作品は〝ファーマー〟」

彼女は厚いポークジンジャーを切る手をとめて、恨めしげにクニオを見た。仕事の話に乗れないときもあるのだった。貧しい農場主の一生を描いた〝ファーマー〟は今では古風な小説で、豊かな日本しか知らない女性が訳すには心理の壁があるはずであった。文章も緻密で重たい。

クニオは察して、

「中道さんなら、出直してこいと言うところだな」

とはぐらかした。同じものを食べ、同じような雰囲気を醸しながら、共通の話題を窮屈に感じはじめると、折れるのはクニオであった。ずいぶん人を知るようになってから、彼は機敏に譲歩することを覚えた。その方が日本では暮らしやすいからであった。

「次に会うときまで考えさせて、それくらいの時間はあるでしょう」

とアニーが言った。

「次はとろけるようなシチューか築地の鮨がいいな、どっちに決めてもいいよ」

クニオは濃密な夜の準備をはじめた。

贅沢な夕べを終えて、部屋へ歩いてゆくとき、彼らは少しばかり気取って若い清潔な男女に変身した。大ぶりのハンドバッグに女の道具をつめてやってくるアニーは、気儘なアーティストの風情である。着飾ればゴージャスに見えるはずだが、懐が許さない。

エレベーターホールで、彼らは上品な人々の静かな好奇の目にさらされた。美しいホテルの空間で同じ人種に見えるふたりが寄り添うと、周囲の目は日本旅行を愉しむ若夫婦かなにかに見るのであった。クニオはそう感じたが、アニーは彼の腕に摑《つか》まりながら別のところにいたかもしれない。するうちエレベーターがきて、恵まれた人たちとともに、彼らは彼らの夜へ運ばれていった。

目白通りを挟んでビルの連なる街にも季節が見えて、外壁を照らす陽射しの変化や日没の時間が移ろいを知らせた。どちらを見ても素敵な眺めとは言えないものの、夏の照り返しを逃れてビルへ駆け込むときのほっとする瞬間や、寄り付きに永住権を得て立ち尽くす古木の孤独なさまが都会らしい味わいであった。泉社の入るビルの玄関脇にもささやかな植込みがあって、誰が水をやるわけでもないのに、春にはツツジの花が開いた。

社の窓からはコンクリートの建物が見えるだけだが、それでも窓辺に立つと息抜きになった。長い冬を送った今は向かいのビルの窓ガラスが輝き、いつのまにかブラインドの色が変わっていたり、向こうにもこちらを見る人がいるのに気づいたりするのどけさであった。車道の騒音は相変わらずだが、電話に出る社員の声は心なしか明るく、社長の机に書類の山が見えるのも活気の証であった。けれども与田はそこにいなかった。優先順位を決めて動く人の行動は社員にもなかなか見えてこない。面倒を放り出したのかと疑っているると、著名な作家の随想録の刊行を決めてくるのだから、底が知れなかった。

「この本は君に任せる、性根を据えて作れ」

与田の指示はおよそ唐突なことが多く、クニオは馴れたとはいえ、分不相応な仕事に怯《ひる》む気持ちが先に立った。それでいて半日も過ごすと、にやりとするのが常であった。相手が近寄りがたい人であるほど彼はなにかを引き出せるような気がしたし、そのなにかが自身の糧になるに違いないと思うからであった。そんなときに窓辺に立つと、殺風景な街並みがひどく豊かなものに見えることすらあった。随想の中に潜んでいるであろう作家独自の方程式を発見できたら、それは日本文学の底流を覗き見ることでもあった。

一週間もしないうちに随想録の原稿が届くと、彼は目を皿にしてその数奇な人生にのめり込んでいった。作家は高齢の男性で、一度ならず傑作を物した人である。作家を気取る作家もどきではない。そんな人がなぜ随想録の出版を泉社に託したのか不思議であったが、読んでゆくと不遇の時代の反骨心がまだ生きているのが分かった。日本の作家は押し並べて貧しいところから出発し、貧しいままに終わるものだが、彼の場合は売れて、そのことにむしろ後ろめたさを覚えているらしかった。アメリカなら成功者の自負に変わるところで、彼は自身の作品を世間の評価より低く捉えている節があった。正直すぎて、成功を愉しめない性分なのか、追求するものの質が作家もどきとは違うのであろう。小説を書く人にはどこか普通ではないところがあるものだが、よい方に食《は》み出している人を感じると、クニオは会ってみたいと思った。自身に厳しく、信条を貫き、人生を全うするタイプの人が目に浮かんだ。

そうした性質は画家や翻訳家にも言えることで〝ファーマー〟の翻訳を期限なしで引き受けたアニーが、どうしてか殻にこもってしまい、会えない月日が流れていた。

ようす見に疲れて電話をすると、

「格闘中よ、手強い文章の連続で歯が立たないわ」

いつも似たような言葉が返ってきた。急ぐ仕事を優先させながら、日に一度は必ず〝ファーマー〟と向き合い、睡眠中も考えているという。そこまで没入する人だったろうかと、クニオは目標を定めたときの女の気力に降参する気持ちであった。

外資系の空運会社に勤めながら小説を書きつづけている田畑歩美から新作の原稿が送られてきたのも、そのころであった。原稿用紙四十枚ほどの短編は、その気になれば三十分で読めるが、クニオはしばらく放置した。添えられた手紙に、公募の新人賞に応募する前に意見を聞かせてほしいとあって、こちらには女の甘い考えを感じたからであった。

東京は花の季節であったが、彼はわざわざ名所へ出かけてゆく気になれなかった。かわりに家でも仕事をした。日々の暮らしは美しい表現を求めて同じ明日へ流れてゆくものであった。

随想録の初校ゲラを待つ間に、ようやく彼は歩美の短編を読み、すぐに連絡した。あてたのは思いがけない出来栄えのためで、それまでのものとは比較にならない質と文学性を備えていたのだった。そしてなにより結末がよかった。これなら新人賞どころかひとつ上の文学賞も夢ではないと思った瞬間、職業病的に、それを表題作にして本を作る算段が脳裡をよぎった。

勤め先に電話をすると、営業事務を仕事にしている歩美は忙しく、会社の引け時になってようやく折り返しの電話がかかってきた。

「すいません、遅くなってえ」

女学生のままの話し方であったが、仕事帰りに買物もする人になっていたので、クニオはすぐに会いたい旨を伝えた。

「それって、どこですかあ」

彼女は飯田橋の老舗ホテルを知らなかったが、どうにか約束の時間にやってきて、大人の雰囲気ですねえ、とにこにこしながらバースツールに腰掛けた。口下手は克服したとみえて、朗らかであった。

「小説、読んでくださったんですね」

「うん、飲みながら話そう、なにがいい」

「ビールしか飲めません」

「じゃあアメリカのビールにしよう、それとフィッシュアンドチップスでどう」

「異議なし」

小説の重さとかけ離れた明るさに違和感を覚えながら、クニオは話のきっかけに近況を訊ねてみた。

「仕事には馴れました、忙しいけど職場の雰囲気は悪くありません、あとはお給料かなあ、今はメスの働き蜂といったところですかねえ、使命感に冒されると生殖機能が退化するんですって」

彼女は言った。

「働き蜂なら、いっぱいいるね」

クニオは心当たりを思い浮かべた。生活をなおざりにして働く人が出版界にもごろごろいるが、蜂と違うのは適当に遊んでいることであろう。アニーを遠くに見るようになってから、働くだけのオスに還った彼は活字に仕える職蜂《しょくほう》といったところかもしれない。

「江坂さんはどうしている」

「彼女は出版社に勤めて、たしか月刊の雑誌の編集をしています、クニオさんの影響じゃないかしら」

「小説は断念したのかな」

「さあ、同人誌に寄稿する余裕もないんじゃないですか、夜おそくまで働いているようですし」

女たちのその後もそれぞれであった。肩の触れそうな近さで話していると、歩美はまだ子供だという気がしたが、書くものは急に成長していた。まぐれかもしれない。けれども時代が育ててくれるらしい新しい表現の可能性をクニオは感じていた。もしその才能が間違いでないなら、編集者として初めて世に送り出す新人ということになる。追加の酒をもらい、互いの肩肘がほぐれるのを待ってから、彼は切り出した。

「短編がずいぶん溜まったから、そろそろ本にすることを考えている、今度の小説は表題作にふさわしいと思う、ひとつハードルをクリアした感じだね」

「本当ですか」

「もちろん、ただし残りの短編を徹底的に磨いてほしい、それができたら本にしよう、つまり泉社から作家としてデビューするわけだから、公募の新人賞は忘れてほしい」

出版に漕《こ》ぎつけるまでに一、二年はかかる話であったが、歩美には突然目の前がひらけたような瞬間であったろう。編集者の言葉を嚙みしめながら、まだどこかで信じられないといった表情であった。

「直しは容赦しないから覚悟してくれ、報酬は印税、ペンネームを考えるなら今のうちだよ、実名でもかまわないが、実生活で困ることがあるかもしれない」

クニオは現実的な話をつづけた。無名の才能を見つけて一冊の本を作ることは、その運命を彫刻することに似ていた。魂が入るかどうかは作家次第であった。働きながら文章と格闘する歩美の日常は、より苦しいものになるだろう。持久力のない女がどこまでやれるだろうか。不安材料もあったが、彼も彼女も完成形を思い描いて彫刻刀をにぎったのであった。

バーでもとれる軽い食事をして歩美を帰すと、クニオも帰宅して、さっそく短編集の陣容を考えた。八編から十編で新星の輝きを知らしめなければならない。デビュー作にふさわしい本作りや告知もある。そうして愉しみと困難の道へ踏み出すと、あとはあれこれ試しながら突きすすむしかなかった。

その日からしばらくして随想録の初校ゲラができると、彼は直接作家へ届けるために鴨川へ向かった。三浦利之《みうらとしゆき》は文章家として名を馳せた人である。書くものは美的生活であったり、薄幸な人生を切り開く男の物語が多かった。クニオは代表作を読破して備えていたが、大家《たいか》と呼ばれる人と会うのは初めてだったので、列車の中でも向き合う姿を思い巡らした。東京を発つと、列車はまもなく田舎びた風景の中をすすみ、やがて房総半島の沿岸を辿っていった。

鴨川は美しい海と森の街で、タクシーの窓から眺めるだけでも東京にはない自然に恵まれていた。高台の中腹にある三浦家を訪ねると、笑顔の夫人が出迎えて、

「編集者の方が見えるのは久しぶりです、こんなところまでよくきてくださいました、さあ、どうぞどうぞ」

と思いのほか気さくな応対であった。大柄なクニオの容姿に驚くこともなく、喜ばしげにリビングへ招じた。そこにはソファにもたれた三浦が待っていて、

「いらっしゃい、堅苦しい挨拶はパスして一杯やろう」

と言った。午後の早い時間であったが、待ち兼ねたのか、もうビールを飲んでいるのだった。服装も気取りがなく、綿シャツにジーンズという若作りで、シャツはボタンひとつかけていなかった。

クニオは名刺を出して挨拶した。三浦はそれを胸のポケットに蔵《しま》って、自分の名刺が切れていることを話した。

「もう渡す人もいなくてね、ご覧の通りの体《てい》たらくだ、君は完璧なバイリンガルだそうだが、日本文学に恋してしまったらしいね、与田くんが言っていたよ、見かけより柔《やわ》な男だからびしばしやってくれって、しかしこっちも柔になってしまった」

そんなことを淡々と喋った。それでもうクニオは三浦という人間にあっさり馴染んだ気がした。家は古い洋館だが、作家の生活が染みついたような風情があった。ビールと摘まみを運んできた夫人が、

「酔ったら泊まってゆきなさい、そのつもりでつきあってやってください」

と言い、三浦のとなりに座って、やはりビールを口にした。ふたりとも痩せて銀髪であったが、長く文筆に生きた男と、それを支えた女の風格のようなものがクニオの目に新鮮であった。

「酔う前に、少し仕事の話をしてもよろしいでしょうか」

「少しならね、トイレが近いんだ」

と三浦は飾らなかった。

クニオは持参した初校ゲラを出して、校閲の疑問のほとんどが旧字体とルビであることを告げ、今の常用漢字に直してもよいかどうか訊ねた。読者のためであった。

「かまわないが、中にはいくつか愛着のある字がある、意味は同じでも、なんというか字の持つ色合いが微妙に違うからね、そういうものは残してほしい、あっさり消滅させたくないんだ、ゲラに印をつけておくよ」

「分かりました、私も名作の復刻版を作っていたとき、いい字だなあと思うことが幾度かありました、文学は教科書ではありませんからいいと思います」

「話しやすい男だねえ、もてるだろう、私が女だったらすぐ許してしまうね」

と三浦はからかった。そばから夫人が、すぐ許しちゃうとこうなるんです、と真顔で言った。

「お幸せそうですが」

「不幸ではありませんけど、女だって違う夢を見ますからねえ、実際もっと情熱的な人生がなかったとは言えないでしょう」

「ところが、そううまくゆかないのが人生なんだな、女が放恣《ほうし》な夢を見るのは、そこそこ幸せな証拠だろう」

「いつもそんなお話をなさるんですか」

「まさか、久しぶりに若い人を見て、若い気持ちを思い出したってところじゃないか、そうだよな」

「半分当たり、半分スカね、女心を熟知していると思うのが、古来男のばかなところなのよね」

夫人は言い捨てて、のそりと台所へ立っていった。クニオは話が逸れてゆくのを気にかけながら、おもしろい夫婦だと思った。緊張は一気にほぐれたが、ふたりのペースに巻き込まれそうであったから、彼は随想録に話を戻した。〝酒と駄文の日々〟と題した半生の記は、正直すぎるほど露《あらわ》に人生のなりゆきを吐露しているところが大家らしくもあり、また無防備な述懐とも言えた。

「随想録に危ういお話がいくつかありましたが、あれは覚悟して書かれたということでしょうか」

「覚悟もなにも、ただの随想だよ、死ぬ前に与田くんとなにか作りたいと思ったのがきっかけでね、書いてみたら小説より簡単だったからこういう運びになった、読んでくれる人がいて、なにかしら役に立つならそれでいいし、随想まで飾るほど見栄っ張りじゃない」

最後と決めた長編を出版して、余生は搾《しぼ》りかすに賭けると公言している三浦は、心の赴くままに短編を書いて暮らしているが、発表するものはわずかであった。それでも世間は彼を忘れていないし、彼の方も社会を見つづけていることが作品に表れていた。若い作家とは物を見る視線が違うので、クニオはその部分を愉しんだ。

「もう死ぬしかないと思っていながら、なにかやってみたくてねえ、惚《ぼ》けた頭で文章を捏《こ》ねくりまわしているわけだ、見苦しいよ、だが一行でも素晴らしいものが生めたら人生の締めくくりじゃないか、そういう目標があるだけでも幸せと言えば幸せだよ」

「こう言っては失礼ですが、生い立ちが悲惨ですね」

「だから作家になったんだよ、家庭に恵まれた人が作家になる例もあるが、たいていの作家は人目を憚る肥溜《こえだ》めを持っているんじゃないかな、それのない人はだめだね、どんなに巧く書いても実《じつ》が入らない、本当の孤独や激情を書けない、そういうものを読むと、ああこれは頭だけで作ったものだと分かってしまうから、虚しいよ」

「外国の作家には大学で創作を学んで一流になる人もいます」

「それも才能だろうが、私の世界じゃないねえ、その人の才能とか本領とかといったものは一文に出るものだろう、そこが冴えると前後のありふれた場景まで美しく見えるのが文章なんだよ、先生に教えてもらってできることじゃない」

「文体はその人の写しだと？」

「そうはっきりしたものでもない、よい文章は書いているうちにどこからともなく出てくる、そこが人間らしいところでね、今日書けたから明日も書けるとは限らない」

文章家の素顔は飄々として、ひたすら丹精を尽くす研ぎ師のようであった。

夫人がまた酒と料理を運んできて、三浦がトイレに立ってゆくと、クニオはワインをあけて夫人のグラスから満たした。

「失礼ですが、お歳にしてはおふたりとも強いですね」

「もう何十年とこんな感じです、主人はこの時間がないと仕事になりません、依存症かと心配したこともありましたが、明るいお酒ですし、泥酔することもないのです、仕事が仕事ですから、きっとそういう体を作ってきたのでしょうね」

夫人は自身を、その共犯者だと言って笑った。

「ここだけの話ですが、本当はね、勤め人の奥さんになりたかったんですよ、決まった月給をもらって、ボーナスも出て、週に一度は必ず休みがあるでしょう、それが主人ときたら休まないし、働いているのに年収五万円だったりするんですから、お酒でも飲まなきゃやってけませんよ」

「五万円の年はきついでしょうね」

「どん底、その辺の草まで天ぷらにしましたよ、見かねた酒屋の主人がいろいろくれてなんとか凌ぎましたけどね、あんな年は一回でたくさん」

「先生は恬淡《てんたん》とした方のようです」

「本当のどん底を知ってますから、女の遣り繰りなんて苦労のうちに入らないのでしょうね、たまに印税がごっそり入ると、それで百年も暮らせるような気になって贅沢三昧《ぜいたくざんまい》という年もありました、普通の神経の持主ではありませんから、私も馬鹿ったらしくやっていますのよ、お分かり」

そのとき三浦が戻ってくると、今日はいい風があって過ごしやすいわねえなどと言って、夫人はごまかした。

「ワインか、俺もそれにしよう、もっといいのがあったはずだが」

「ありましたけど、飲んでしまいましたよ」

「だったら酒屋に電話してもってきてもらいなさい」

「何本」

「赤と白を五本ずつでいいだろう、紅白は縁起がいい」

三浦は暢気なことを言い、夫人が立ってゆくと、さっきの話だが、とグラスを持ちながらつづけた。

「文章は思考と同時に書きながら練ると言うべきだった、当たり前のように聞こえるだろうが、それのできていない人が結構いる、文学は芸術だから、文の芸なくして佳いものが生まれるとは思えない、ところが思考のまま書き出すだけの文章はお喋りと一緒で洗練されない、君も編集者なら、その違いを見ることがあるだろう、文学と言うからには言語表現が命のはずなんだがね」

「ごもっともです、しかし個性も大事かと思います」

「美しい個性なら大歓迎だが、このところ見かけない、そんなことを淋しく感じるようになってね、終わりが近いせいだろう」

「ひとり、表現のたしかな新人がいます、まだ荒削りですが、三浦さんのおっしゃる一文の力はあります、本ができたら送りますので読んでやってください」

「いつのことだね」

「たぶん来年には間違いなく」

「来年か、目が持つかな」

そう言ったあとで、ひょっとして可愛いねえちゃんか、と混ぜっ返すのも三浦流の話術であった。内輪の酒の愉しさは彼の率直な言葉が途切れないためで、クニオは作家の生の声を受けとめる瞬間の、今度はなにかというときめきを愉しんでいた。見たところ三浦夫妻の生活は静かで、文筆を仕事にした人の晩年にふさわしい落ち着きようであった。四十年余り、出突《でずぱ》っ張りで休むことのなかった作家は、今ようやく書くことの自由を味わっているのではないかという気がした。

そのうち夫人が大きな鮨桶を抱えて戻ってくると、リビングは一気に華やぎ、お喋りも盛んになった。余計な散財をさせてしまったと悔やみながら、クニオは海辺の街の味を堪能してみせた。柔らかいアワビは初めての食感で、寸法もよく、白ワインとの相性がよかった。入れ歯らしい夫妻は簀巻きの葱とろを摘まむくらいであったから、小腹のすいていたクニオは遠慮なく手を伸ばした。すると夫妻は喜んで、若い人の食べっぷりは気持ちがいいわねえと夫人が言えば、三浦も同調しながら、その白身は地魚だから東京じゃ食えないよなどと煽った。ふたりの息が合いはじめると、誰が主役とも言えない話のうちに笑いが起こり、また真剣に出版事情について語り合ったりもした。

「ところで、今度の随想録に私は出てくるのかしら」

とほどよく酔ってきたころ、夫人がクニオに訊ねた。

「もちろん登場しますが、読んでいらっしゃらないのですか」

「読む前に主人が原稿を送ってしまったものですから」

「ああいうものは急いで読むようなものではないからね、本になったらゆっくり読めばいいさ、ここが嫌だなんて言っても後の祭りということになるが、原稿の段階で登場人物に主観をいじられては元も子もない」

三浦は酒量に関わりなく冷静なままであった。酒を飲む口と同じ口から、アフォリズムを吐き出す。手帳に書き留めるのももどかしいので、クニオは不躾なほど三浦を見つめて画像として記憶した。彼が最も心に留めたのは、三浦が自身の人生についてさらりと語ったときの、過ぎてしまえば普通でなくてよかったという言葉であった。老作家ならではの実感と自負の笑いがこめられていた。

窓辺に陰りが見えて、帰る時を計っていたとき、三浦が囁いた言葉も忘れられない。

「君は作家の目を持っているね、こんなところまでのこのこやってきて、見ているものといえば私の胸中だった、違うか」

「その通りです」

「君のような編集者が増えるといいね、坊ちゃん編集者はつまらない」

彼は言下に言った。

「泉社にはいません」

「いい社風を築いたらしい与田くんに乾杯しよう、帰ったら三浦が上機嫌だったと伝えてくれ」

「きっと喜びます」

思いがけない長居のあと、クニオは礼を述べて、タクシーを呼んでもらった。夫人が泊まってゆきなさい、と勧めてくれたが、それは身知らずというものであった。やがて車がきて、三浦まで外へ見送りに出てくると、クニオは恐縮して気のきいたことも言えなかった。かわりに三浦が久しぶりに美味い酒だったよ、と言った。

車が坂道を下ってゆく間に日が暮れかけて、あたりは淋しい小山の風情であった。海の色が濃くなっていた。東京を発つときには緊張と不安があったが、肩の荷を下ろした心地であった。話が弾んだせいか、彼はさほど酔っていなかったが、三浦の強さはやはり普通ではないと思った。すると、あの言葉がよみがえった。普通でなくてよかった、とクニオが言えるとしたら、それは遥か先のことであろうが、あんなふうに堂々と言える日が本当にくるだろうかと思った。それが帰りの車中のあてどない思惟《しい》になろうとしているのを感じながら、彼はいっとき夕暮れの美しい海に目をあてていた。

鴨川の土産といっても安い地海苔であったが、真知子は喜んで、海の匂うのは久しぶりだと言った。天日干しの屑海苔は形がばらばらなので、汁物に入れたり、御飯に載せて醬油を垂らして食べるのがよかった。塩を振って酒の摘まみにするという手もある。

その日、クニオが福生の家に着いたのは夕方だったので、真知子は酒の支度をした。互いに勤めがあって休日が合わなかったり、先約があったりで、今度の訪問は二ヶ月ぶりであったから、彼女は張り切った。女のひとり暮らしは相変わらずの倹《つま》しさであったが、日本に落ち着いて長くなるせいか、寄る辺ない雰囲気からは解放されていた。

食卓に向き合い、クニオが三浦利之に会ってきたことを話すと、いい仕事ねえ、とうらやんだ。どんな人だったか、とミーハーのように訊ねた。

「小説の印象とあまり違わないと思う、軽妙な話し方をするのに言葉は重たい、最高峰の見識は韜晦して若造をもてなしてくれたのかもしれない、あとでそんな気がした」

「もう、いいお歳でしょう」

「うん、だが酒は強い、奥さんがまた強い人でね、こっちが負けそうだったが、おもしろかった」

「いいわねえ」

真知子は思い巡らす目をした。作家と話す機会など一生巡ってこない人の、憧れと淋しさの入り交じったような目であった。クニオはそういう母を作家に会わせてやりたいと思うことがあったが、作家には迷惑でしかないことも分かっていたから、せっせと自分の作った本を贈るくらいのことしかできなかった。そのうち三浦の随想録が出ることを話すと、真知子はまた、いい仕事ねえと呟いた。

「随想録を読めば分かるけど、彼も相当苦労している、というかそういう星の下に生まれた人でね、よくまあここまで上りつめたと思う、ほんの一歩踏み外していたら、まったく別の人生になっていただろうから」

「それも魅力的ね、もしその踏み外しそうなときに会っていたら、奥さまの人生も違っていたでしょうし」

「人が選んでゆく道って、そんなものじゃないかな、成長してから振り返る道には可能性がごろごろしているだろうけど、その危なっかしい瞬間にある選択肢はふたつぐらいという気がする、伸《の》るか反《そ》るか、一か八か、右か左かといった決断を迫られる状況で常に本道を選んできたのが三浦という人だろう、傍から見れば高望みだったかもしれない、しくじれば笑われる、だが彼は人に言えない生い立ちをも糧にして成功したのさ、奥さんもたぶん同じ人種だと思う」

クニオの中でまだ明るい画像のなかにいる三浦は、苦い過去を消化していながら、記憶を消せない人間の業で酔えない酒を飲んでいる男であった。随想録を出すことで古い自分と決別するであろう彼は、これから掌編や短編の世界で最高の三浦文学を生んでゆくに違いなかった。

「あなたの洞察を聞いていると、ますます会いたくなるわね、だって、そんな人、探したって見つからないもの」

「ママは気持ちが若いね、そんな人がいたらまた苦労するつもりかい」

「そういうのは苦労って言わないのよ、一度きりの人生が輝くのだから」

そう言った真知子もクニオも笑った。母と子がそんなふうにしているのも人生のなりゆきであったが、ときおり互いの魂の鼓動を認めることに愉楽があった。

「お土産の海苔、食べてみましょうか」

と真知子が言った。彼女に限らず出し抜けに話題を変えるのは女の特質らしく、男には理解できないときがあるが、そのときのクニオはなんとなくニッケルを避けたのだと分かった。それは彼らにとって不意に生々しくよみがえってくるものであった。時を経ても血生臭い画像は手に負えないし、記憶の滴《したた》りにけりをつけることもできない。

小皿に海苔を載せて塩を振ると、彼女は器用に箸で摘まんだ。クニオは手で摘まんで指につく塩まで嘗《な》める。

真知子は訊いた。

「あなた、いくつになったの」

「ママより二十八歳ほど若い」

「するともう大人ね」

子供っぽい食べ方を注意されると、クニオは苦笑した。外ではしないことを母親の前でするのは甘えであった。

そうして夜が更けてゆくとき、彼はしかし長い時間を感じるようになっていた。ひとりなら仕事のひとつも片づく時間を意識すると、母と過ごす時間を大切に思いながら気が散るのだった。真知子が本読みであることが救いであった。

その夜、彼らは三浦の代表作について語り合った。あれは絶品ねえ、という真知子は細部まで覚えていて、序章にちょっとだけ出てくる心の貧しい女性の描き方が絶妙だったと言った。それはクニオも感じたことで、三浦の筆はここぞという瞬間に美しい曲芸を見せるのであった。小説のテイストはその曲芸がつけていると言ってもよかった。

そのことを三浦は随想録の中で、こんなふうに書いている。

「平凡な文章の流れに偶発的に玉章《ぎょくしょう》が生まれることがある、作家だから常によい文章を心がけているわけだが、ちっとも考えていない領域から突然やってくる文章の方が優れていたりする、残念だが、そういうものは二度と書けない」

真知子が絶妙と感じる部分のことで、そう聞くと彼女は溜息をついた。

「そんな偶然をあてにして書いているわけではないでしょうけど、もしその文章が出てこなかったらどうするのかしら」

「たぶん現れるまで先へはすすまない、そういう人のような気がする」

「本当に現れなかったら」

「それはない、今のところね、惚けてきたと言っていたが、勝負に出るときの目つきだったし、彼ならやると思う」

クニオはそう確信していた。生活や名誉のために忙しくして終わる作家が多い中で、びくともしない三浦の存在は際立っていた。その一癖も二癖もありそうな素顔を見たことで彼の編集者魂も域を超えたところへ向かいはじめているのだった。

真知子は好きな文章家がまだ枯れていないことを喜んだ。ひとりの読者にすぎない自身とは関わりのないことであったが、クニオを介して知ることのできる人になったことも嬉しいらしかった。

「鴨川へ行ってみたくなったわ、ただ街を見るだけでもいいの」

「それならお易《やす》い御用だ、ここからだと一泊二日の旅だろうな、運がよければ浜辺で海苔を拾えるかもしれない」

　母と子の話はそこで途切れた。

　互いの明日を知る心の騒ぎから、真知子はせかせかと朝の支度をはじめ、クニオは休んだ。ひと晩の語らいが残すのは、いつまでも二つの生活を維持することはできないという焦慮であったが、クニオは三浦を相手にするよりも疲れて目を閉じた。そのうちキッチンの音がやみ、真知子も休むと、静まり返る家は殺伐として、ただの器のように思われてならなかった。終《つい》の棲みかってのは絶望と紙一重なんだがね、そう言った三浦の歪んだ笑みも思い出された。

好きな文学に関わり、願ってもない習養を積みながら、本から本へ旅する日々の風向きはおよそ順風であった。遠く行く手に見えているのは作家か評論家のクニオ・バンプルーセンであり、質実な執筆生活であったが、今はそのための感覚を研ぎ澄ます時期のようであった。そういう若さを意識することはまれであったが、疲れても足は立つし、腹がすけばそこいらの食堂へ走るくらいの体力もあって、一日は早瀬のように流れた。

先に出版した復刻版の売れゆきは谷底へ墜落しそうな低空飛行であったが、思いのほか三浦の随想録が売れて、白川女史の手がけた翻訳書が後につづくと、小さな所帯の社内は活気づいて、与田の機嫌もよかった。三浦から短編を預けてもよいという話もきていた。ウィル・コスタの〝ファーマー〟の翻訳は待つしかなくなり、急ぐ仕事も絶えると、クニオは歩美のデビュー作にかかりきりになった。与田に表題作を読んでもらうと、

「どこからこんな化け物が出てきた、こりゃあ、ひょっとすると、ひょっとするぞ」

という感想であった。その晩、彼はクニオを食事に連れ出して、

「歩美ちゃんとかいったな、間違っても他社にとられるなよ」

そう釘を刺したほどであった。

「短編はどれくらいある」

「優に二冊分はありますが、どれも完成度は今ひとつです」

「長編は」

「ありません」

「よし、二作目の短編集も準備しよう、その間に徹底的に扱《しご》いてやれ」

与田は言った。

「しかし彼女も勤め人です」

「そんなことは関係ない、食いっぱぐれる心配すらないじゃないか、だいたい作家を目指すような女はウマシカか怖いもの知らずと昔から相場が決まっている、まれに天与の才としか思えない逸材もいるが、それは期待できない、君も腕の見せどころだよ」

与田はそうしたことを声高に言ったのではなかった。女流作家に貼りつけたレッテルも彼にしては古臭いものであった。女流は手強い、用心してかかれ、といったくらいの意味合いであったろう。彼は牡蠣《かき》フライ定食を摘まみにしながら、酎ハイを飲んでいた。そこは別のビルの地階の食堂で、女主人は与田の懇意の人らしかった。

「ふうちゃん、おかわり」

彼が言うと、さっと酒が出てくる。ほかの客の手前、女主人は黙って酒を運んできた

が、腰を屈めてグラスを置きながら、

「ほどほどにね」

と囁いた。ほどほどとは彼の明け透けな口のことであった。与田にはそんな間柄の女性があちこちにいて、浅くも深くもないつきあいをつづけているというのが泉社の社員の認識であった。だが実際は誰も知らなかった。

彼はクニオの顔に目をあてて、どう思うかと訊ねた。

「きれいな人です」

「ばかやろ、歩美ちゃんの前途だよ」

「それなら、なんとかなるでしょう、少なくとも新人賞は期待してよいかと思います」

クニオは言ったが、相手が与田だから言えることで、文学賞ほど当てにならないものもないのだった。主催者にも選考委員にも思惑があって、部外者から見るとつまらない作品が受賞することがよくある。それで名を売る作家もいるが、結局佳いものは書けずに終わるのが落ちであった。歩美はその口ではなかった。

「再校ゲラが出るころ、一度歩美ちゃんに会わせてくれ、この目でどんな人物か確かめておきたい」

与田は泉社の名を売る絶好の機会として捉えているらしかった。装幀は俺が考えるとも言った。それで彼は本気だと分かった。クニオの仕事は短編をひとつひとつ洗って、欠点を少しでも減らすことであった。

「歩美ちゃんは元気か」

「歩美ちゃんに飯でも奢ってやれ」

与田が連呼するので、社員の間でも歩美ちゃんで通るようになっていった。彼女の才能を高く買ったひとりに秋庭がいた。

「彼女はいいよ、いつか大化けする人の匂いがする、英訳して輸出するなんてのも夢じゃない」

そう言って、表題作とは別の短編を最も優れたものとして推し、巻頭に持ってくるべきだと主張した。

「あんなのはだめよ」

と一蹴したのは白川千鶴であった。

「女が女を書いても女にならないのを若書きって言うのよ、表題作と比べたら月とすっぽんじゃないの」

「女性も一様ではありません、ああいう女性がいてもおかしくはないと思います」

秋庭は反論したが、威勢の差で、声の大きい人がその場は勝つのであった。与田はそんな光景を愉しみながら、秋庭が正しいと思うが、白川くんの論にも一理ある、描写で調整しろ、とクニオに耳打ちしたりした。それらのすべてが担当のクニオの仕事になってゆくのだったが、肝心の歩美は一編の改稿にひと月もかかって、しかも上出来とは言えなかったから、先が思いやられた。

　彼は原稿を持ち歩いて、気づいたことはどんどん書き込んでいった。自分で文章を直してもみたが、文体は作家のものなので、提案するにとどめた。三浦のような大人の視線を期待するのは土台無理な話であったが、表現という点から点を拾いたくなるような文章には魅力も途切れがちに流れているのだった。

「今度の土曜日に、ランチでも食べながら話しませんか」

「もう、へとへとです」

「精のつくものをご馳走しますよ」

　あいにくの雨の日、杉並から出かけてくる歩美の便を計らい、新宿のレストランで落ち合うと、彼女は本当に顔色が悪く、口紅ばかりが目立った。

「雨の日にすみません、打ち合わせは簡単にすませましょう」

「大丈夫です、昨夜はたっぷり寝たし、月曜は休暇をとりましたから」

　歩美は笑えない顔でそう言った。時分どきというのに、ビルの中のレストランにはあまり客もいなかった。

「体が欲しがるものを食べるといいでしょう、ここにはいろいろあります」

　メニューを開くと、トーストからウナギまである。レストランの蒲焼きがどれほどのものか、クニオが興味本位で決めると、歩美はつつきやすいランチセットのような寄せ集めの一皿を注文した。飲物は彼女が欲した黒ビールであった。

「改稿はどうにか六割方まできました、順調と言っていいでしょう、だが切れ味が今ひとつです、どこをどうすればさらによくなるのか、今日はそこを詰めましょう」

「おっしゃることは分かりますが、そんなに手を加えたら私の小説ではなくなります」

「そう思うのも無理はありません、ごもっともです、しかし、よくなると分かっていながら放置するなら編集者はいりません、私の提案が今のあなたには理不尽な要求に思えるかもしれない、私があなたでもそう思うでしょう、そのわだかまりを解消することからはじめませんか」

「お話が専門的すぎます、私はただ一冊の本を出したいだけです」

「その一冊が未来になるとしたら」

歩美は沈黙した。ぴんとくるには疲れすぎているようであったし、そこまでの欲もなさそうであった。作家になりたいというのは飽くまで夢で、にわかに現実みを帯びてきた夢に振りまわされているのかもしれなかった。

「こう考えてみてはどうでしょう、やるだけやってみてだめならあきらめもつく、困難を遠くに見てひたすら安閑とするのは楽園の亀に等しい」

「なんのことです」

「豊かな海を前にして、泳げるのに泳がないことほど無意味なこともないということです」

「お説教のような話ですね、ランチタイムかしら」

歩美は皮肉を言って、なんとか笑った。その笑いが、クニオの目には腑抜けた人のそれのように映った。すると懐柔するどころか励ます術《すべ》すら見失いそうであった。

飲物に次いで料理が運ばれてくると、彼は意識して明るく振る舞った。

「まあ、お互いにジョーカーを引いてしまったというところかなあ、ゲームによってはこんな強い味方もないいんだがねえ」

「遠回しな言い方ばっかり」

「言いまわしと言ってほしいね」

「一冊の本を作ることがこんなに大変なこととは思いませんでした、でも、ここまできたらやります、ほかにすることもないし」

彼女は言ったが、未熟な人生に土足で侵入してきた幸運を理解しているようには見えなかった。つらい、しんどい、といった思いが先に立つのか、暗い目をしている。クニオがほぼ確実な未来を告げないのは、若さの勘違いを怖れるからであった。

食事が終わるころ、彼は鞄から原稿のコピーを取り出して、改稿のための提案をはじめた。

「この短編は表題作とレベルが違いすぎます、短編集を読む人はここで失望するか、本を永遠に閉じてしまうかもしれない、そうさせたくはありませんよね」

「もちろん」

「では、直しましょう」

クニオは言い、ウェイターを呼んで新しい飲物を頼み、テーブルの上を片づけてもらった。黒ビールが効いたのか、歩美の顔はいくらか血の気を戻して、しばらく持《も》ち堪《こた》えられそうであった。

「この小説の最大の問題点は主人公の行動に動機やそのもとになる思索のないことでしょう、ただ起きていることを突きつけて成立する小説には背景に暗示がありますが、残念ながらこれにはない、そこを描写で知らしめてください」

「人の行動に必ず動機が必要でしょうか、私の周囲にはいちいち確かな目的や理由を持って行動する人はそんなにいません、水着を買いにいってバーゲンの下着を買ってしまったり、恋人と会っているのに近くの席の男性に惹かれたり、その瞬間に思索と言えるほどのことをしているでしょうか、もしそこを理屈っぽく書いたら、私の世代はしらけます」

「だから暗示でいいのです」

「そんな曲芸みたいなこと、できません」

「できますよ、それが文章です、あなたの世代の人もすっと腑に落ちるような描写が、私の言う暗示です、一行にそそぐ表現力を背景に散らしてみてはどうでしょう」

「具体的に言ってください」

「たとえば主人公が一夜の相手を物色する場面、誰でもいいと思っていながら、実はそうではないでしょう、その心境を説明しろとは言いません、そこへゆきつくまでの場景に漠然とした社会への恨みや焦慮を織り交ぜることができたら、この小説は一変します」

「ミステリーの伏線のようです、白々しくて私には書けません」

歩美は言ってのけた。

「さっきも言いましたけど、私たちの世代は理屈より感覚なんです」

「じゃあ、その感覚を老人にも分かるように書いてください、それこそ表現力でしょう」

クニオは語調を強めながら、なんとかやり過ごそうとしている歩美を追いつめていった。目的のひとつは折れてしまいそうな女を鼓舞することであったから、言葉の応酬は避けられなかった。歩美は頭では理解しながら、実際の作業を恐ろしくあてどないものに見ているようであった。それが反抗の言葉になった。

「全面改稿するくらいなら、新しい小説を書く方がましです、そうします」

「いま逃げると、それもまた全面改稿ということになりかねない、正念場を自覚するなら闘ったらどうだね、失敗しても死ぬわけじゃない」

「言うのは簡単です」

「失敗して死んだ戦闘機乗りをたくさん知っている、彼らは本当に命懸けだった、君のは幸せな苦労だよ」

歩美は苦笑するどころか目を背《そむ》けた。そういう例えや、別世界の人間と比較されることが嫌いなのであろう。クニオは言ってしまってから、分かりようもないかと思った。

「こういう話は疲れるか」

「ええ」

「では最後にひとつだけ言っておこう、これから君の小説を読むことになる人は君の世代とは限らない、経験豊富な生活者であったり、底意地の悪い自信家であったりする、分かってくれる人がひとりでもいればいいなどという甘い考えは通用しない、意外なところから批判もされる、しかし、それもこれも蹴飛ばすことのできるのが文学だろう、つまり作家の最大の敵は自分自身なんだよ」

「考えます」

と頼りない返事であったが、会ったときよりはましな顔色が救いであった。食事と話がすめば、互いの顔を眺めてもいられない。クニオは先に会計をすませて戻ると、ぼんやりしている歩美を促した。

「雨だし、今日は車で帰りなさい」

タクシー券を渡してビルを出ると、彼は女が車に乗るまで見送った。土曜日の半日を潰した仕事に手当は出ないが、会社に詰めて文字とにらめっこをしているときより、そんな時間が彼は好きであった。

不意に思い立ってビルへ戻ると、彼はアニーに電話してみた。相手は土曜も日曜もない人であったが、気紛れに期待する気持ちであった。九回目の呼び出し音で電話に出た女の返答は、いいけど、泊まれない。クニオは顔を見るだけでもいいと思った。

「夕食には早いね、雨で街はがらんとしている、美術館にでも行こうか」

「お酒の方がありがたい、それに上等の生ハム、いつものバーでどう」

「分かった、先に行って待ってる」

客がいなくても正午に開店するホテルのバーは、くつろげる空間であった。クレジットカードを持つ身になったクニオは散財の愉しみも覚えて、相手がアニーなら逢瀬《おうせ》の費用を惜しまなかった。アニーが出かけてくるということは翻訳がすすんでいるのだろうし、その口からコスタの文章をどんな文体で訳しているのかを聞けるのも愉しみであった。そこに女の笑顔やうっとりするような情緒が加わると、どこか心許ない今日が最も幸福な一日に変わるのであった。

案の定、ホテルのバーはすいていて、外国人の男がひとり飲んでいるだけであった。仕事用の鞄を持っていたクニオはがらんとしたソファの席を選んで、アニーを待つ間に読みさしの本を読みはじめた。〝はましぎ〟という少し古い本で、タイトルに惹かれて買ったものだが、ページを繰りはじめてまもなく今とは異なる人間の営みが香ってきた。読書の愉しみはそんなところからもはじまり、見知らぬ人の生きように考えさせられるのがよかった。小説のそれは特異な人物に見えがちだが、よくよく読めば普通の人であったりする。自分のまわりにそんな人はいないというだけで絵空事に見る人もいるが、それでは自身の小さな世界だけが現実ということになってしまう。クニオはそういう読み方をしない分だけ吸収するものも多かった。感化と呼ぶには優しい静かな影響を愉しめたなら、その小説は優れていると思う。この作家の小説には、あの作家に欠けているものがあると発見するのは編集者の眼差しだが、そんな読み方をしても佳いものは崩れなかった。

しばらくして気取った足どりのアニーがやってくると、彼はすらりと伸びた女の足下を美しいと思った。

「お待ちどおさま、なに読んでたの」

挨拶はお粗末であった。

「雨の日にワンピースとはね」

「黄色い傘を差したくなる気分と同じよ、おばあちゃんの血らしいわ」

「少し濡れたね、タオルを借りようか」

「いらない、そのうち乾くでしょう」

電話の声よりも元気そうな女にクニオはほっとしながら、彼女のために飲物と生ハムをもらった。ランチの酒はすっかり消えて、新しい気分になろうとしていた。

「調子はどう」

「悪ければこないわ、仕事のことなら一区切りつきそうなところ、コスタは別よ」

彼女は先手を打って、そう言った。

「あなたの方はどうなの」

「忙しいね、実は今日も人と会ってきた、作家の卵でね、有望なんだが、君ほどの根性がない」

「女の人ね」

「ああ、まだ子供子供している、のほほんと育ったのかもしれないな」

クニオはそう話しながら、なぜアニーの文章を読ませなかったのか、とそのときになって思った。原作者の表現を誠実に置換する文章だが、当然そこにも美醜があって、彼女のそれは優れていた。原文にあるかなしかの有害物質のようなものまで日本語で表せる才能はへたな作家に負けていないし、大仰な修辞や挿入句を使わない文章は滑らかで切れ味もよいのだった。

「ところで生活はうまくいってるのかな、見たところ痩せてもいないようだが」

クニオは意図してふたりの話に戻した。久しぶりにアニーといて歩美を話題にしたのはよくなかったと思った。

「なんとか食べてゆくだけのものはまだあるから大丈夫、困ったら真っ先にあなたに無心する、いい考えでしょう」

「まあね、男冥利に尽きるよ」

「エッチな物々交換を考えているなら、最低よ」

アニーはお喋りを愉しみはじめた。挨拶のひとことが日本語だったせいで、彼らはそのまま日本語で話しているのだったが、会話には異国の匂いがぷんぷんしていた。ひとり暮らしの女は仕事に没頭できる環境を享受しながら、一方では話し相手に飢えているのが分かった。好きな仕事に淫しても、充たされない部分がぽっかり残るのは都会の女らしいことであった。クニオはなんとなしに、土だけ入れてマンションのベランダに放置していた鉢にどこからかやってきた草が根づいて花をつけたことを話した。

「タンポポなら分かるが、小さな百合のような花でね、なぜそこにいるのか不思議だ」

「上の階から、なにかの拍子で種が落ちてきたんじゃないの」

アニーは現実的なことを言い、増えたら頂戴、私も増やして人にやるからと言った。

「きれいだが、有毒植物かもしれない」

「どこかの女みたい」

「スカーレット・オハラか」

「まさか、彼女は人間が幼いだけよ、生まれ合わせた時代も悪かったし」

「訳と一緒で端的だね、君は勿体ぶった説明や挿入句を消してしまう、それでいて原文のよさは損なわない、はじめから日本語で書いたような文章になる、原作の空気や人物の癖を読み取りながら、美点を拾い集める、すると端正な豊かな文章が生まれる」

「観察あっての端的です、観察の部分を言い忘れると近道反応でしかなくなる、言葉はむずかしいわね」

「我が家の百合はどこへいった」

「居たたまれなくなって、自切《じせつ》して飛んでいったのかもね、その花、新種かもしれない」

彼女は平気な顔で言った。そうした鋭利さがあっての翻訳家であったが、実際の作業は格闘の繰り返しに違いなかった。文章家を遠い目標に置くクニオは、アニーを知るほど心許なくもなって、三浦と対決させたらどちらが論破するだろうかなどと思い巡らすことがあった。好きな女性といながら突然やってくる焦慮をうまく処理できなかった。それはアニーも同じかもしれなかった。

「あなたは本当に文学漬けね、私は家に籠っていると、世界から絶縁された気分になることがある、それなのに飛べない」

「そういう仕事だろう」

「お金のために頑張ったり、適当に熟《こな》して人生を愉しむ人もいる」

「どちらも君じゃないね、翻訳家の姿勢は文章に出る、自己分析は苦手か」

いつかしら話が仕事へ還ってゆくのはふたりの常であったが、アニーはお喋りを愉しみながら、どこかでコスタを考えているという気がした。クニオは泊まれないと言った女の事情を察していたし、理解もしたので、会ったからにはゆったりした時間を過ごしたかった。

「手を見せてごらん」

アニーはぼんやり反応した。

「やっぱり凝《こ》っている、二、三日、休むだけでも違うよ」

彼は女の掌を揉んでやりながら、溜め込んだ疲れをじかに感じた。これじゃあ当分コスタは無理だな、と思った。

「少し食べないか、チーズとかサラダとか」

「そうね、チーズがいいわね」

彼女は明るく振る舞おうとしていた。クニオが注文をしている間に化粧室に立っていった女は、しばらくして戻ると、紅の濃くなった唇から本音を洩らした。

「今日は酔っ払って帰ることにします、翻訳の話はやめましょう」

「分かった」

酒がすすみ、お喋りが愉しくなってゆくのは、ふたりがかりの飯事《ままごと》であったかもしれない。それでも愉快になると、彼らは酒を過ごした。

「そろそろ眼鏡が必要になってきた、一緒に買いにゆかないか、ついでにサングラスのようなブラも買おう」

「ばあか」

彼女は中年の男があきれたような声で言い、自分でもおかしくなったのか笑った。ひとつの仕事がもたらす充足と疲れを酒で流して、次の仕事への意欲を引き出そうとしているらしかった。けれども、そうしてどんでん返しのように変身するときの女に、危うい気配を感じるのが男であった。

一日の成果と引き換えに神経を痛める仕事は、ガス抜きを忘れると精神や内臓の疾患につながる。胆力のある人が却って危ない。そう言ったのは与田であった。クニオは酔ってゆきながら、アニーにとって解毒の酒になるのを願った。するうちふたりして本当に酔ってしまうと、彼らは水を補給してバーを出た。ふらつく体を寄せ合いながら、ホテルの玄関まで歩いてゆくと、車寄せには人影もなかった。外は雨降りのままで、夕暮れなのか曇天なのか分からない暗さであった。ひとりで帰れるから大丈夫だとアニーが言い、その手にタクシー代をにぎらせて滑り込んできた車に押し込むと、彼も次の車に乗り込んだ。

「あとで電話するから」

別れしなに車の中からアニーが声を張りあげたが、クニオは期待しなかった。もし忘れずに電話をかけてきたとしても、今日はありがとう、おやすみなさい、のひとことで切れるはずであった。その前に自分が寝てしまうかもしれない。柔らかい座席にもたれて、彼は目を閉じていた。自分の一日は終わったも同然であったが、アニーはこれから机に向かうのだろうと思った。それは確信に近い予感であった。

「お客さん、着きましたよ」

思いのほか早く運転手の声がして目をあけると、雨脚が激しくなっていた。ホテルに傘を忘れてきた彼は、濡れながらマンションの玄関をくぐった。いつもなら駆け上がる階段がひどく長い踏み継ぎのように見えたが、へこたれない女の顔がちらつき、よろよろと登っていった。

せきとめようのない繁忙のうちに冬が流れて、泉社に春らしい淀みが訪れたのは桜も終わるころであった。出版社としてはひどく小さな集団に、のどかな季節が留まることを期待するのは分外というものかもしれない。その年も社員の補充は見送られ、クニオは年食いの新人をつづける破目になったが、仕事のスキルでは先輩に負けないところまできていた。連れて給料が上がると、彼は真知子を呼び寄せる準備をはじめた。そろそろ退職を迫られる歳であったし、放っておけばなにかしら仕事を見つけて福生で生きてしまう人であった。彼女はそれでよくても、そのあとに待っているであろう病や介護を思うと捨て置けない。けれども秋までになんとか生活を変えたいと伝えると、真知子の反応はいつもと変わらず、

「ありがとう、でもまだ早い気がする、あなたこそそろそろ身を固めたらどうなの」

と藪蛇であった。

彼もそういう歳には違いなかったが、妻子を守る生活よりも文学が目の前にあって、ホームドラマを見る暇もない現状で家庭を持つ気にはなれなかった。まわりを見てもそんな

人がごろごろしていた。

「人は人、あなたにはバンプルーセンの血を残すという大きな宿題があるのよ、私を見なさい、うろうろしているうちに人生はあっという間に過ぎるという見本です」

「バンプルーセンの名は別の形で残せると思う、血はそれほど重要じゃない」

母と子の思いのうちに、ジョンの死が違う触れ方をしているのにクニオは気づいた。そのことと生活をひとつにすることは別の話であるのに、結果は常に母が勝つのであった。

田畑歩美の〝不急列車〟を刊行してまもなく、ぽつぽつと小さな反響が聞こえてきたのは幸先であった。事前に書評家や文芸記者にゲラを送っていたこともあり、わざわざ電話をくれて、才女か変人か知れないが、おもしろいね、と言ってくれたり、書評を書くから、と知らせてくれる人がいるのは編集者の喜びであった。もっとも無名の新人の評価はむずかしく、欠点を指摘して貶《けな》すのはたやすいが、あとから絶賛する評が現れると、勇を鼓《こ》した書評家は馬鹿をみることになる。そのあたりの心境を熟知している与田が、なにやら裏で動いているような気配であったが、彼はそうしたことを口にしないし、また人の目をくらますのがうまかった。与田に最も近い小口に言わせると、どこかの地下道から評論家や目立ちたがりの作家をつついて刺激しているのだろうということであった。

問い合わせの電話や他社の探りに対応しながら、三浦の短編集の制作に取りかかっていたクニオは、一日に幾度も頭を切り替えることになった。吹けば飛ぶような広告も出せない新人の本の売れ行きは期待のほかであったが、しばらくすると予期しないインタビューの申し込みがくるようになり、そちらにも時間をとられた。

ジャーナリストのインタビューには窓口になっている編集者も同席して、急所を衝くような質問を咀嚼《そしゃく》しながら見守る習わしである。歩美には勤めがあるので、インタビューは退社後の夜、街なかの静かな空間でということになった。馴れない彼女は緊張して、単純な質問にも思うように答えられない。クニオは口を挟むわけにもゆかないので、終わると反省会になった。

「まず早口をやめよう、ふさわしい言葉が見つかるまで相手は待ってくれる、沈黙の部分は記事にならない、作品と作家の佇まいは一致しなくてもいいのだし、気取ることはない、ただし勘違いされるような発言は避けた方がいい」

「そんなこと言われても、今の私は作品に血を抜かれた搾りかすなんだし」

「そう言えばいい」

「そんな格好悪いこと」

「だったら底の深いたくましい女流を気取るか、すぐばれて軽蔑されるのが落ちだろうな、厚顔無恥な作家ほどみっともないものもない」

「芸能人のようにはできません」

反省会はグリハマのうちに終わり、新鮮な明日を迎えるために今日を殺すような飲み会へ落ちていったが、そんなことも歩美には勉強であったかもしれない。書くものより器の小さい性質を変えてゆくものがあるとしたら、長い人生でしかないように思われた。

与田の指示で二作目の短編集を編みはじめたのは、そのあとであった。歩美は悲鳴をあげながらもついてきたが、二足の草鞋《わらじ》を履く生活はやはり疲れるとみえて、会えば愚痴をこぼした。三浦の短編集と社会科学の翻訳書を抱えていたクニオも余裕のない毎日で、老作家の安定した筆だけが救いであった。するうち三浦から一葉《いちよう》の便りがきて〝不急列車〟は秀作だが、ほかがよくないという感想であった。しかしお粗末なストーリーの中にも点景のごとく光る表現が見られるので、期待を抱かずにいられないとも記されていた。

与田に見せると、

「すれすれ合格といったところか、まあそんなところだろう」

自身に首を振る口ぶりであった。表題作には善か悪かといった判別法では片づけられない生の深さがあるが、ほかは水彩のようにあっさりしているというのが大方の評でもあった。歩美の言う感覚小説は比喩や形容が豊かなわりに水深が浅いので、人生の悲哀や味わいを求める人たちには薄っぺらな作品に見えるはずであった。間違えば、多くの読者に理解される前に消えてゆく運命にあるとも言えた。そこはクニオの賭けであった。

日が流れ、まるで無意味に流れゆく先に展望がひらけてきたのは初夏のことである。三浦の短編集を刊行してまもなく、名高い文学賞の季節がきて、歩美から吉報がもたらされると、密かにそのときを待っていながら、たぶん無理だろうと宥めてもきたクニオは驚喜した。ノミネートは、いわゆる文芸誌主催の新人賞を飛び越えた快挙であった。

「おめでとう、一気に百歩前進だな」

「まだ信じられません、これからどうなるのかしら」

歩美は喜ぶより先に動揺して、会社にばれたらどうしよう、などと案じたりもした。

「だからペンネームにしろと言ったろう」

「今からじゃ、だめかしら」

「そんな時間はない、だいいち本のカバーもインタビュー記事も本名じゃないか」

「もし失職するようなことになったら、クニオさんのせいですからね」

「明日、会おう」

「これから会いましょう、どうせ寝られないんだし」

「分かった、そっちへゆく、駅に着いたら電話するから」

クニオは電車に飛び乗り、夜の巷を走り抜けていった。その日から彼の周囲はにわかに騒がしくなり、そんな経験のない泉社の空気も張りつめていった。デビュー作で文学賞候補の快挙は担当編集者の株を上げて、その嗅覚や眼力を知らしめることにもなった。

「田畑さんの担当者はいらっしゃいますか」

さっそく電話をくれる同業者がいれば、

「バンプルーセン？　ああ、彼ねえ」

と今さら口にする者もあった。

「古株の選考委員の二氏がどう読むかでしょうねえ、おもしろいことになりそうです、田畑さんの連絡先を教えていただけませんか」

そんな雑音から新人作家を守るのも仕事なら、五週間後の選考会までに受賞したときの準備もしなければならなかった。運よく受賞となれば、増刷、帯の刷新、広告の手配、殺到するであろう取材といった、それまで泉社には縁のなかった繁劇が待っているのだった。そして同時に敗戦処理も念頭にかけなければならなかった。

寸暇にほかの候補作を読んでみると、どれも文章のつたない、まどろこしい小説であったから、勝算はあるとクニオは見ていた。もっとも選考委員の好みや底意地の悪さや嫉妬といったものまでは計算できない。

「常識的には歩美ちゃんだろう、しかし非常識な世界のことだからなあ」

与田は冷静であった。受賞を前提に新聞広告の枠を押さえた彼は、社長として選にもれたときの算段もしなければならなかった。泉社にとっては高額の費用である。本が売れなければ回収のできない捨て金になるので、そこは真剣であった。

「だめだったときは反旗の広告を打つか、それとも他社に売るか」

「反旗に決まってるでしょう」

そう言ったのは白川千鶴であった。

「候補の顔触れを見れば歩美ちゃんの勝利は一目瞭然です、選考委員が戯《たわ》けたことを言うなら、正論で叩きのめしてやるしかないと思います」

「そうかっかするな、もしものときの話だ」

「泉社を嘗めたら、どうなるか見せてやるんです、そうだろ、クニオ、なんとか言え」

「一服してきます」

「ばかやろう」

その声と形相は泉社の歴史に残る一瞬であったかもしれない。白川にも幼いほど純粋なところがあるのを知ると、クニオはその場から逃げ出しながら、愉快であった。背後に白川の憤怒を感じたが、それも歩美への声援と思えば腹も立たなかった。社を出ると、彼は久しぶりに爽やかな気分になって地下鉄の駅まで歩いていった。

西麻布にある洒落たビルの前で待っていると、しばらくしてハンドバッグと封筒を持った歩美が出てきた。その日は午後三時の早退であった。

「お疲れさま」

クニオは候補が発表になってからの慌ただしい日々の労をねぎらった。あたりは彼女の庭だが、会社から離れることにして、彼らは渋谷へ出た。今日の待ち合わせは歩美の方から望んだことであった。

「久しぶりにユリに会いました」

喫茶店の片隅に落ち着くと、なんの前置きもなく彼女は言った。

「元気にやっているのかな」

「目が輝いていました、今年の異動で文芸部に配属になったそうです」

「なら、そのうちどこかで会えるだろう」

クニオの目に浮かぶのは女学生のままのユリであったが、歩美くらいには大人びているはずであった。同じ業界の編集者でありながら、一度も顔を合わせずにきたのは畑が違うからであった。

「祝杯を挙げて懐かしい話をしたあと、彼女に言われました、クニオさんに感謝しないと罰があたるわよって、作家の卵にここまでつきあってくれる編集者は滅多にいないそうですね、私よりクニオさんのことをずっと分かっている口ぶりでした、私もあなたの担当になるけど、ご機嫌取りにはならない、そう言われたときはちょっと応えました」

「彼女も成長したらしい」

「私だって働いているのになあ、職業の差が人格の差になってゆくこともあるのかとしみじみ思いました」

「今日はやけに殊勝だね、なにかあったの」

「あれです」

彼女は小声で言った。

「なんだ、それで早退か」

「それだけじゃありません、なんか会社の雰囲気というか人目が気になって、居心地が悪いんです、文学賞の候補になったというだけで女性の私を見る目に棘があるようで」

「外資だろう、気のせいじゃないのか」

「外資といっても営業事務はほとんど日本人です、プライドの高い人が多いし」

「辞めることを考えているなら、やめた方がいい、時期尚早だ、ついこの間は失職を案じていたじゃないか」

ストレートな言葉に歩美は唇を尖らせた。

「こう見えて私も繊細な女ですから」

「いつから悲観論者になった、生理で血圧が下がったか、サッチャーを見習えよ」

「くそったれ」

「なるほど繊細だねえ」

そうして作家と編集者が明け透けな言葉を交わすようになってゆくのは、気心の知れはじめた証でもある。さらにすすんで、心優しい悪友か戦友のような関係になってゆくのが理想かもしれない。

やがてきた選考会の日、夕方から彼らはホテルのバーで待機したが、結果の連絡はなかなかこなかった。吉報はクニオの携帯電話にくることになっている。そういうときの会話は白々しく、つまらないことを話題にしながら心は別のところにある。それにしても電話の鳴らない時が流れた。クニオはトイレに立つふりをして、親しい新聞記者に電話をしてみたが、揉めているようだとしか分からなかった。

「もうこんな時間か、なにか食べよう」

戻ると、歩美は待ちくたびれてぼんやりしていた。

「いつもすぐ決まるのに」

「選考会が長引くのは議論が盛んなせいだろう、二作受賞か一作かといった論争もある」

いつもならテレビが受賞作を発表する時間を過ぎてから、ようやく主催者から報せがきた。まことに残念ですが今回は、と事務的な声が告げると、こちらも事務的に答えて電話を切るしかない。クニオは目顔で落選を歩美に伝えながら、明日の新聞が愉しみだな、と呟いていた。さすがに気落ちして、歩美は言葉をなくした。大忙しになるはずの夜が消え、ぎこちない時間潰しになった。

「さあ思い切り飲んで食べて忘れよう、そのうち詳しいことが分かる」

「あした、会社に行きたくないなあ」

歩美は言った。

「酔っ払って頭痛になるさ、私もそうする」

しかし敗者の宴は盛り上がらず、小一時間ほどして彼らは別れた。

明くる日、目にした講評には取り繕った言葉が並んでいたが、〝不急列車〟は選考会でこてんぱんにやられたというのが本当のところらしかった。選考委員のひとりが感情的になって、こんな作品を受賞作にしてはならないと固持したという。与田はすぐ頭を切り替えて、一週間後には広告を打った。

「文の芸ここにあり」

そう大きく記した広告は予定の半分になったが、大衆の関心を引いたとみえて、徐々に注文が入ってきた。好意的な書評の後押しに加え、歩美と感覚を共有する世代の支持もあって、落選作品が売れるという奇妙な現象が起こると、

「間違ったのは選考委員さ、馬鹿どもめが」

与田は気炎をあげた。むろん受賞作の売れ行きには敵わないが、泉社の本としては異例のヒットであった。その印税はあっさり歩美の年収を超えて、脛齧《すねかじ》りの弟を喜ばせたという。与田は社員に大入り袋を出した。

「これっぽっちか、社長も堅いなあ」

「そう言うな、場末なら酎ハイ一杯と焼鳥二本は食える」

「みんなで行きますか」

彼らは本当にそうした。それから深夜まで飲みつづけ、自身の懐を痛め、そこにいない

与田を扱《こ》き下《お》ろすのはいつもと変わりなかった。クニオはぐでんぐでんに酔った白川千鶴を自宅へ連れ帰る破目になり、彼女をベッドに寝かせて、自身はソファに休んだ。

次の日、ふらふらと起きてきた白川が最初に口にしたのは意外な言葉であった。

「おまえ、やっただろう」

「まだ酔っているんですか」

「三万円に負けとく」

地球のどこかで毎日そんなことが起きていても不思議はない時代であったが、市ヶ谷のマンションで白川との間に起きるはずがなかった。それを言うと傷つけることになりかねないので、クニオは紳士的に振る舞い、シャワーをすすめた。

「コーヒーを淹《い》れておきます」

「二万五千でいい、外は平和か」

そんなふうでも彼らは出社した。会社の席に辿り着けば、なにもなかったように仕事に没入するのだった。

文学賞の贈呈式は午後おそくはじまることが多い。終わると受賞者を囲む祝賀パーティに移り、立食と雑談の輪が広がるが、数百人も集まるとひとりの受賞者に近づくのは容易ではない。パーティは普段つきあいのない作家同士が出会う場でもある。編集者は久しぶりに会う人に挨拶したり、同業とこっそり受賞作を批判したりしながら、本命の人を探す目には油断がない。せっかくの贅沢な料理に手も出さないかわり、お近づきになりたい作家を見つけると積極的に動いた。

クニオは立っているだけで目立つので、自然と人が寄ってくる存在でもあった。受賞者に挨拶する気のない彼が会場の壁際でグラスを傾けていると、

「残念な結果だったが、成果は満点じゃないか、泉社は確実に株を上げたね」

同業者はそんなことを言い、書評家は与田の手腕を称えたりした。

「ところで次はあるのか」

「もちろん、しばらくお待ちください」

「彼女は上手に年を取ったら化けそうだな」

そのとき名刺を手に歩み寄ってきた女がいた。クニオは一瞥《いちべつ》して誰か分かったが、

「こういう者です、ご無沙汰しましたが、覚えていらっしゃいますか」

と女は挨拶した。シルキーな薄手のスーツに幼い過去を隠した江坂ユリであった。

祝賀パーティのあと、予定のなかったふたりは会場のホテルのバーで再会を祝した。ほかにも作家や編集者が流れてきていたが、気になる人はいなかった。バースツールに並ぶと、ユリは一端《いっぱし》の女性らしく品がよかった。

「いつのまにかレディになったね、私の記憶にある君は恥ずかしがりのお嬢さんで、マシュマロのようにぽっちゃりしていた」

「そういうクニオさんもまた背が高くなったようです、お仕事ぶりは歩美から少し聞いています」

「彼女は口が悪いから、半分だけ信じてあとは忘れてくれ、文芸はどう」

「大変ですが、好きです、こうしてクニオさんとも会えるし」

人目から解放されると、長い空白があるにもかかわらず、彼らはたちまち懇意の仲になっていった。

「今度の本は見てくれたのかな」

「もちろん、中身も装幀も素敵でした、私にはまだあんな本は作れません」

多少の世辞はあるのだろうが、おざなりとも思えなかったから、クニオは素直にうなずいていた。人と会えば酒を酌み、文学の縁で持ち合っていることが、ふと心から愉しめる気がした瞬間でもあった。

「今どんな本を作っている」

「まだ駆け出しですから、クニオさんから見たら少し風変わりなものです」

彼女はクニオが英文学も奥深い日本文学も手がけることを知っていて、そう言った。

「三浦さんと親しいそうですね」

「親しいというより、彼の方が私を子供のように見ている、気が合うことは確かだが、彼が本気になったときの目は怖いよ」

「そんな仕事をしてみたいです」

「こっちも腹を括れば、腹の据わった人との疎通はあっという間さ、大手の内実は分からないが、うちのような会社では個々の判断が大きい、それが結果に出る、むろん失敗もある、それでいて自由なのがいい、社長がそういう人だから」

「上司から聞きましたが、与田さんは麻雀もプロ級の腕前だそうですね」

「それは初耳だな、しょっちゅう消えるのはそのせいか」

「上司は彼の鴨を自認しています、大負けすると、銀座で飲むんだったと言います、そのくせまた出かけてゆくのです、厳しい仕事をする人なのに、突然ブラックホールに吸い込まれる感じですね」

ユリの話は新鮮でおもしろく、上品な唇から出るせいか言葉にも艶があった。話はあっちへ飛んだり、こっちへきたりしたが、すべて業界のことであった。

夜がすすむに連れて、ホテルのバーは年輩の宿泊客でにぎわった。日本では一流のホテルなので外国人も多い。クニオを仲間に見る人もいて、いい女を連れているな、といった視線が矢のように飛んでくる。

「小説は書いているの」

彼は急に思い出して訊いてみた。

「いいえもう、歩美ほど才能も根性もないと分かりましたから」

「根性の点はちょっと疑わしいね、少しずつ強くなっている気はするが」

「クニオさんの扱《しご》きはひどいって言っていました、でも、それなしには候補にもならなかっただろうって、憎しみと感謝ですね」

「君も彼女を担当するなら、友達ではいられなくなるかもしれないよ」

「はい、覚悟しています、それもふたりの宿命でしょうから」

ユリはあっさり言ってのけた。当たり障りのない友人関係よりもずっと大事なことが見えている口ぶりであったから、クニオはまたひとり仲間ができた気がした。編集者の中には決まりきったことをして給料をもらうだけの人もいるが、それでは充たされようのない仕事であった。頼んでいたサンドイッチが出てくると、ふたりは分け合った。

「ときどきこうしてお話ができるといいですね、ご迷惑ですか」

とユリが訊いた。

「お互いの仕事次第だろうな、いついつの夜と約束しても、うまくゆくかどうか、今夜ならいいという日があったら、そのとき連絡し合うのが一番じゃないか」

「そうですね、ゆきあたりばったりが気楽ですね、いろいろ教えてください」

しばらくしてユリのグラスがあいたのを潮に、彼らはバーを後にした。パーティ絡みの人影は絶えて、ロビーにはもう知る人もいなかった。エントランスまできて、クニオはユリのバッグのポケットから名刺の束が覗いているのに気づいた。

「君の名刺をもう一枚くれないか、よくなくすから一枚はホルダーに入れておくよ」

「そのホルダーをなくさないでください、作家の名刺が並んでいたら始末書です」

「うちじゃあ、みんなしらばっくれる、いい会社だろう」

女といて彼の口から冗談が出るのは、相手を好もしい人に見ている証拠であった。並んで車寄せに立つと、生暖かい夜気が冷房で冷えた体に却って心地よかった。どこかで白川千鶴が見ているような気配を覚えながら、クニオはユリとタクシーに乗り込んだ。同じ編集者として再会したことにも、途中まで家路が重なることにも、なにかしら縁の力が働いているような気がしてならなかった。

長い前途を控えて充実した日々を送る女性が自然に命の艶をまとうなら、先に生まれた者から老いてゆくのも人間の定めで、これぱかりは神の手を持つ医師にもとめることはできない。忍び寄ってくる死の使いを意識したときから、人生の終わりに向けて、命が希薄になってゆく。

その秋のはじめに三浦夫人から急の知らせがあって、夜おそく鴨川に着くと、クニオは海辺のホテルに泊まった。明日には与田も駆けつける手筈《てはず》であった。

「手術が済んで生きていたら、彼らを呼んでくれ」

というのが三浦の希望で、つまり術後の経過はよいらしかった。もっとも胃の半分を失えば、それまでの暮らしの質は望めない。術後の激痛を乗り切ると、彼は自然に逝くことを望んで医師と掛け合い、拒まれると、金がないから、と病院が最も気に入る理由を突きつけて退院してきた。それが昨日のことであった。

「とにかくすることが非常識でして、二度とあんたの世話にはならないって主治医に言うんですから、看護師もあきれたでしょう」

かわりに病人の世話をすることになった夫人はなりゆきを嘆きながら、三浦らしい覚悟を認めているふうでもあった。死にようは生きようでもあった。

「ここまでつきあったんですから、私はどうなろうとねえ、皆さまにはご迷惑をおかけします」

そう言って電話口でも頭を下げる人がクニオには見えていた。それが夕方のことで、彼が東京を発ったのはその日の夜であった。なにか起きたら手を貸せると考えたものの、ホテルに着いてみると電話をかけるのも憚られる時間であった。幸い、夫人から助けを請うメッセージはきていなかった。

与田がやってきたのは次の日の午前十時と早く、夜の遅い男にしてはかなり無理をしたらしかった。彼も順調に年を重ねて、白髪を溜めている。三浦家に電話を入れると、夫人がわざわざ車で迎えにきた。

「こんなに早くきてくださって、ありがとうございます、三浦もなにやら元気です」

高齢にしては敏捷な運転ぶりで、車は坂道を飛ばしていった。

丘陵の中ほどにある三浦家は主と同じように古くなり、ぽつんと建っていた。三浦が窓越しに手を挙げて歓迎した。夫人に招じられて、与田のあとからクニオは家に入った。

「やあ久しぶり、すまんな」

立って出迎えた三浦は髭を剃ってさっぱりした表情であったが、痩せた印象は否めなかった。与田との間に互いを揶揄する挨拶やいたわる言葉が交わされて、彼らはリビングのソファに向き合った。

さっそくビールを運んできた夫人に、クニオは見舞いの品を渡した。彼が用意したのはありふれたフルーツの詰め合わせで、与田のそれは鯛茶漬けや雑炊のセットであった。

「近くにデパートもないので助かります」

と夫人は喜んだ。

「病院の食事はひどいものだ、高い金をとりながら障子貼りの糊のようなものを出す、あんなもので体力が回復するとは思えないから出てきた」

三浦は言った。

「もう飲んでもいいのですか」

「悪いわけがない、卵とビールは私の栄養源だ、それも喉を通らなくなったら、この世ともおさらばさ」

彼は真っ先にビールに口をつけて、あ、うまいねえ、と言ったが、虚勢はつづかなかった。かわりに見舞客のふたりが愉しい酒の雰囲気を作った。

「見たところ、たいしたこともないようですが、いろいろ考えましたか」

与田が相談事を気にして訊ねた。

「ああ考えた、今はこんなものだろうが、そのうちいかれる、いくら考えても仕方のないことと、考えておかなければならないことがある、というか大分前から考えてはいた、そこへ現実が追いついてきたというわけだ、病院で死ぬのはつまらんよ」

彼は術後どうにか歩けるようになると、物書きの興味もあって、リハビリ病棟や緩和病棟を覗いてみたと話した。ほとんどの患者が点滴の管につながれ、寝たきりで、疲れた命を非人間的な治療に託す姿は、それこそ病気であったという。

「痛くはないらしいが、あんな極楽は願い下げだね、もともとそんなつもりもないが、医者を信じて任せてしまうとああなる、野垂れ死にする方がまだましだよ、その前に短編のひとつやふたつは書けるだろう」

「ひとつふたつなんて言わずに、もっと書いてくださいよ、小説かくあるべしといったものをね、それが私らの飯の種なんですから」

与田の言葉に便乗して、私にできることならなんでもおっしゃってください、とクニオも言った。三浦はもう先の長くないことを自覚していると感じながら、やはり書いてほしいと思った。一生をかけて磨いた筆をにぎるうちに別の心がひらけて、まったく新しいものが生まれるかもしれなかった。丹精して佳いものが書けたら、命も弾むであろう。そしてたぶん人生も延びるだろう。この病人にふさわしい話題はほかになかった。

「どうでしょう、一日十行を目指して五行で終わったとしても成果は成果です」

「そのつもりなんだが、命の締め切りがあるからなあ」

笑いを浮かべて、三浦は明るく言った。

「きっと大丈夫ですよ、綴る言葉が血になります、そばには奥さまもいらっしゃるし」

クニオは喉まで出かかったジョンの死を呑み込みながら、逆に三浦は血を吐いても、その血に汚れても人生を全うするだろうと思った。終点のない芸術に生きる彼のような人間には、病院のベッドで終わる日を待つことこそ無意味な時間に違いなかった。

「前から感じていたことだが、君はなにか違うねえ、与田くんの影響でもあるまいが、観察眼が鋭い、ふつう病人を前にしたら情けない顔になるものなんだが」

三浦はまたビールを飲みながら、そう言った。思っていたより調子のよさそうな男を見ながら、与田は笑んでいた。夫人は酒や肴を運んでくる以外、席を外したままであった。

「こうして久しぶりに会いながら話すことでもないのだが、いくつか相談したいことがあるので聞いてほしい」

テーブルに鮨桶が出てくると、三浦はふたりにすすめながら、自身はビールを注ぎ足して話した。

「家内も歳だし、子供もいないのでね、私が死んだら全作品を泉社で管理してほしい、たいした値打ちはないだろうが、切り売りも密蔵も思いのままだ、それでももし利益が出るようなことがあったら、少しばかり家内に恵んでやってほしい、虫のいい話で恐縮だが、頼まれてくれないか」

三浦は淡々と話したが、相談事の先鋒《せんぽう》は彼らの予期しない申し出であった。与田は返事に詰まりながら、なんとか答えた。

「相応の手続きもいることですし、今すぐ確約はできませんが、実現に向けて考えてみましょう、しかし三浦さん、退院したばかりで乱暴ですな、こっちは心の準備もなにもありゃしない」

「そう言うな、こういうことはさっと決めてしまうのが私のやり方でね、だらだら思いつめる性分でもない」

クニオは黙って聞いていた。三浦の全作品を泉社が管理するという未来図は美しく見えたし、今後どう編もうと勝手だというのも魅力であった。夫人がそこにいないわけも分かった。三浦は夫人に頼りながら、先に逝く人間の権利として自分を生き切ろうとしているようであった。夫人は気丈でもなければ冷淡でもなく、夫婦の運命を受け入れているだけという気がした。

「それから」

と三浦が次に切り出したのは、名前を聞いたこともない作家のことであった。倉橋修《くらはしおさむ》といって、釧路の人だという。

「会ったことはないから弟子というのでもないのだが、勝手に私に師事して長いこと小説を書いている、才能があるとも思えなかったから随分前に断念しろと言ったんだが、生活のためにアルバイトをしながら書きつづけている、それがこのところ佳いものを書くようになってきた、新人と呼ぶには歳だが、目をかけてやってほしい」

「幾つぐらいの方ですか」

「五十四、五といったところか、そろそろアルバイトもきつくなるだろう、なあに君たちが気を遣うことはない、一度でいい、読んでみてだめなら忘れてくれてかまわない、志津《しづ》子《こ》、倉橋くんの原稿を持ってきなさい」

三浦は姿の見えない夫人に言い、厚い手書きの原稿が運ばれてくると、私の赤字が入っているが無視していいと説明した。

「私の目が節穴でないなら、この一作は世に出るべき小説だと思う、あとは任せる」

「お預かりしましょう」

これにには与田が即答して、鞄に仕舞うようにクニオに指示した。落ち着いたのか三浦が与田にビールを注いだり、与田が今後の予定を訊ねたりする間も、クニオはよく鮨を摘まんだ。残しては悪いという思いと、長居はできないという気持ちからであったが、するうち三浦が、

「それから」

とまた言った。

「これは相談というよりお願いと言った方がいいだろう、クニオくんに是非頼まれてもら

いたい、私のあと家内が死んだらこの家をもらってくれないか、売ろうにも売れない家だが、うまく手入れをすれば君の子供の遊び場くらいにはなるだろう、家内に処分させるのはどうも気がすすまない、一年もして持て余すようなら千円で売り飛ばしてもかまわない、そのころ我々はいないわけだから、どうしようと君の自由だが、どうだね」

不意だったのでクニオは狼狽した。家は作家の記念館にしてはどうかという考えが浮かんだが、今生きている人に向かって言えることではなかった。

「もったいないお話です、しかしなぜ私ということになりますか」

「家内も君を気に入っている、これまでの編集者と違って信じられるそうだ、まあ女の勘だろう、凡々と暮らしているが、それなりに人を見る目はあるらしい」

「光栄じゃないか、気持ちよくお引き受けしたらどうだい」

と与田が言った。

「おまえがぐずぐずするなら、私が頂戴して宝探しをするぞ」

「あんたはだめだ、歳だし、熱海に別宅まであるじゃないか、愛人の保養所にされてはたまらない」

三浦が言ったので、ささやかな笑いの波が起こった。聞こえたのか夫人が顔を覗かせると、三浦が手招きした。

「話はすんだ、おまえもやりなさい」

「でも車の運転が」

「我々のことならお気遣いなく、タクシーで帰りますから」

明るい夫人が加わると、与田もクニオも訪問の緊張から解放されて、ようやくくつろぎながら、三浦は疲れたのではないかと案じた。彼はウニをひとつ摘まんだきりで、ビールを嘗めていた。かわりに気持ちよく飲み干す夫人が、

「よれよれでも、やっぱりこうして家にいるのがいいですねえ」

と言った。病人にかわって喋るのも彼女の務めとみえて、話題に事欠かなかった。

短い、しかしほっとする時間のあと、彼らは別れを告げて三浦家を後にした。病人を見舞うはずが重たい土産をもらって帰ることになり、どちらがどちらに気を遣ったか分からないような訪問であった。

次の特急列車まで長い待ち時間があったので、呼んでもらった車で丘陵を下ってクニオが前泊したホテルに着けてもらうと、彼らは海を眺めて過ごした。なにをして暮らす人たちなのか、秋の海にもサーファーが遊んでいる。波に乗って戻ると、また同じことをするために海へ出てゆく。

「あとどれくらいかな」

と与田が呟いた。どこかを走る列車と同じ比重で語れるはずもないのだが、いずれくるという一点では似ているのだった。

「三浦さんは勝ったという気がしますね」

「どういう意味だ」

「自分で自分の終わり方を決めたうえ、残りの時間の使い道も決めています、あの体で最後の佳作を書き上げることができたら、人生さよなら満塁ホームランでしょう」

クニオはそう思った。人の終わり方はさまざまだが、生きている間に蓄えたものが最後は先導してくれるような気がした。三浦は今日、そういうものを見せてくれたのだった。

「あの人はこの一年だろうな」

そんなことを平気で口にする人もいる。縁者であれ他人であれ、人の余命を勘で計算するほど不遜なこともないのだが、およそ人は胸算《むなざん》する。その不遜に気づかないのは他人事だからであろう。与田はそうした感情から言ったのではなかった。

「できるなら好きなだけ飲んでもらいたいよなあ、くそったれめが」

彼は美しい色の海に目をあてていた。三浦家の庭からも見える海は、樹木に阻《はば》まれて雄大な眺めとは言えない。酒屋が軽トラックで上ってくる坂道が世間とのつながりであった。三浦は秋田の山里の生まれで、半世紀もかけてこの地へ辿り着いたのであった。作家としては荒野を歩き、小さな世界に立てこもることはしなかった。そんな思いを抱いて眺めていると、クニオの目に、茫洋として果てしない海原は三浦の人生に最もふさわしい墓標にも見えてくるのであった。

編集作業に追われながら、時間を作り、江坂ユリと会うのは女恋しさのせいであったかもしれない。相手も似たり寄ったりの忙しさであるから、電話をしても不在のことがある。といって休日に会うほどの仲でもなかったが、会うごとに近しくなってゆくのも男と女のなりゆきであった。

そのころ田畑歩美が勤めを辞めて、ユリの会社の文芸誌に連載をはじめたこともクニオは気になっていた。文芸誌の担当は別の人だが、間にユリが立ったことは間違いない。しばらく他社で勉強します、と歩美は短いメールで知らせてきたきり、クニオから離れていた。二作目の短編集の反響が期待外れに終わったことも変わり身のきっかけであったかもしれない。

ようやく会えた夜、クニオはユリにその話をした。

「今度の連載は文学賞への近道と考えてよいのかな、いずれ君が本にするのだろう」

「本は私が作りますが、文学賞は計算外です、狙ってとれるものでもありませんし」

「たまにそんなケースもある」

実質的にその文学賞を主催する法人とユリの勤める出版社は同体とみてよかった。彼女が知らないはずもない。歩美に受賞させたいと思うのも自然なことであった。

待ち合わせた銀座裏の割烹《かっぽう》はユリの行きつけで、静かな酒を愉しむ客が多かった。小上がりの座敷は衝立《ついたて》で仕切られ、ゆったりと孤立した空間が連なる。テーブルを挟んで向き合うと、レストランのそれより相手を身近に感じられるのがよかった。クニオは小出しの料理も気に入って、よく食べながら話した。

「彼女にとって経験には違いないが、締め切りに弱い人が連載はどうかと思う、本作りを改稿の場と考えているかもしれない、その相手をするのは君だよ」

「覚悟していいます、歩美には確実に大きくなってほしいし、まだ眠っている力を引き出せると思うから」

ユリは歩美の挑戦を鷹揚に見ていた。

「作家の気運とでもいうのかしら、このごろ少し分かるようになってきました、この人は自信満々だけど失速するとか、あの人は目立たないけれども上昇しているとか」

「歩美くんはどっちになる」

「今のところ上昇途中でしょうね、正直すぎるくらい無我夢中です、あんな歩美を見るのは初めてです」

ユリの鷹揚さは友情でもあり、その観察眼はほぼ正確であった。彼女は行儀よく自分の小鉢のものを片づけながら、担当の男性作家の話をした。

「下品で、口汚い人ですが、年齢のわりに無邪気なところがあります、そこが作家らしく見えたりもします、着流しにステッキを持たせたら昔風の作家になるでしょう、でも中身はやんちゃ坊主ですから、すぐにお里が知れます、知識人らしいところははったり、それが彼の小説です」

「そんな小説のどこがいい」

「どうしてか売れて、私たちのお給料になるところ」

そんなことを言うようになった女に、クニオは急速に編集者らしくなっている人を感じた。良くも悪くも業界の色に染まりながら成長しているようであったが、

「紙がもったいないねえ、本は佳い中身を良いカバーで包まなくてはつまらない」

口からは皮肉が出ていた。彼自身、与田に幾度も言われたことであった。大手と中小の違いは作家の顔ぶれにも出るのだった。

「クニオさんはうちの社にはいないタイプの編集者です、いつも佳いものだけを追いかけて純粋です、うちの男性社員なんか遊び人ばっかりです、クニオさんは脇目も振らずに邁進して夜遊びなんてしませんでしょう」

「そうでもないがね」

クニオは苦笑した。許されるなら、すぐにでもユリを抱きしめてみたいと思うからであった。

次の日の午後、彼は釧路へ向かった。

肉体労働者の四季を丹念に描いて、社会の底流を浚《さら》った倉橋修の作品は、今では珍しいプロレタリア文学でもあった。呼び方はどうあれ、平穏を装う格差社会とその守護神である国家に牙を剝き、生きることの困難を通して人間存在の意味を問いかけている。クニオは一読して、三浦の立派な弟子だと思い、世に出す喜びを覚えた。

東京から釧路へは一時間半ほどのフライトが近道である。その日も仕事の倉橋とは夜に会うことにして、ホテルにチェックインしたあと彼は街を歩いてみた。釧路はもう寒い季節で、手袋を忘れた彼は半コートのポケットに手を入れたまま歩いた。海辺の街には物流の船舶のための港と漁港とがある。魚が揚がるところには市場があり、倉庫や食堂がある。倉橋と待ち合わせた食堂を確かめてから、街を巡ると結構なにぎわいであった。病院が目立つのは危険を伴う重労働が多いせいかもしれない。真冬の雪は港湾作業の足をすくうだろう。倉橋の小説を読んでいたせいで街は親しく感じられたが、寒さは想像のほかであった。ホテルの方角を間違えて、回り道をして戻ったときにはもう夕暮れの気配があたりを覆《おお》ってい、東京を発ってからの時の流れが速く思われてならなかった。

日没後まもなく倉橋は約束の食堂にきていて、クニオが入ってゆくと、さっと立ち上がって軍人のように一礼した。別世界の人を見る眼差しであったが、当然のことながら日本語で挨拶をすると瞬時に表情がほぐれた。彼自身は仕事帰りの身なりで、思いのほか小柄であった。

「気楽にしてくださいﾞ、見かけはこんなですが、中身は日本人です」

「三浦先生のご紹介とか」

「はい、ご縁があるようです、お酒はいけますか」

「はい、五合はいけます」

「では一杯やりながら話しましょう」

　食堂は男の客でにぎわっていたが、食事か酒か分からない雰囲気の中に方言が飛び交っていた。土地柄なのか、やたら大きいグラスでビールや焼酎を飲んでいる。倉橋は左党らしく日本酒を頼んで、クニオはビールをもらった。肴は煮魚であった。

「小説を拝読しました、物語に太い芯があるうえに流れも自然で感心しましたが、なんといっても生活の描写が生々しいですね」

「自分の体験をもとに書きましたから、リアリティはあると思います、私はこの歳まで北海道から出たことがありません、東京は外国です、そんな人間だから書けることもあるのかと思います」

「執筆は夜ですか」

「はい、一、二時間で眠くなってしまい、なかなか進みませんが」

　正直な男らしく、上辺を飾らないところもクニオには好もしく感じられた。

「〝神はいない〟は完成までにどのくらいかかりましたか」

「再三の推敲を入れて三年余りです、三浦先生に原稿をお送りしてから拙《まず》い表現に気づいて、また直しました」

「佳い小説です、三浦さんも私もそう思っています、是非弊社で出版させてください」

「本当ですか、本当に本になるのですか」

その顔は急に膨張してとまり、声も上擦っていたので、表情を読むのがむずかしいほどであった。倉橋の目に涙が滲《にじ》んだのはそのすぐあとであった。彼は祝杯を挙げることも忘れて、テーブルに置いた手を小刻みに震わせていた。ありがとうございます、としばらくしてから涙を隠すように頭を下げた。

「具体的にいろいろやっていただくことがありますが、その話は少しあとにして、長い釧路の生活や近況などをざっと聞かせてもらえますか、私がプロフィールも作ります、もちろん公表したくないことは書きません」

「私の経歴なら単純です、借家の母子家庭に育って高校中退、倉庫の作業員やら揚場《あげば》の荷役やら、いわゆる人足をして暮らしてきました、今はそこの市場の清掃員です、母親は五年ほど前に他界し、女房もいません」

「小説はいつごろ書くようになりました」

「三十前です、先になにも見えない生活でしたから、ちょっと夢を見ましてね、でもそれほど簡単じゃなかった、絶望して酒や遊びに走ったこともありましたが、元手がないからつづきません、母も似たようなものです、教養がないってのは致命傷なんだと身に染みましたね、だいたい小説を書こうってのに家には中学生の辞書しかなかったんですから」

「それでもあきらめなかった」

「それだけが気持ちの支えでしたからね、いつか、いつかって思うことで胸を張れるっていうのか、ただ食うために生きているだけじゃないぞって、背骨の折れそうな荷を担ぎながら胸の中で言っていました」

そう倉橋は少しも飾らずに言い、思い出したように酒を口へ運んだ。それから意味もなさそうに笑った。クニオは彼のような苦労を知らずに生きてきたので、現実が吐き出す本当の言葉を聞いている心地であった。そのために間違えば狼狽しそうであった。

他人という格好な聞き手を得て一気に吐露する途中で、倉橋ははっきり言った。

「三浦先生がいなかったら、私はとっくに堕ちていたと思います、先生は実に優しい人です、私の小説をこてんぱんに貶しておきながら、それで食えているのかって最後には聞いてくれます、はい、と答えると、空元気は小説だけでいい、身になるものを食え、そうおっしゃって千円札を何枚も挟んだ良書を送ってくださいました、私はそこで学んだのです、自分の不幸は誰のせいでもないのだから、自分を生きて終わろうと、小説で社会の矛盾を描くのは嫉妬でも恨みでもなく、どこかにいるであろうもうひとりの自分にそのことを伝えたいからです、無学な私にイデオロギーと言えるほどのものはありません、しかし、それでも文章は書けます」

「習作はどれくらいあります」

「長編が十作ほど、短編は数えたこともありません」

「飲みましょう、今日は気分がいい」

いつもとは違う感触に酔いながら、クニオは聞き役をつづけた。倉橋の言葉は都会では聞けないもので、一途な性格そのものであった。彼は大きな五合徳利をこまめに傾けながら、それなりに酔ってきたとみえて、語る表情は明るかった。クニオも似たような顔をしていたかもしれない。違うとすれば肌の色だが、倉橋はもうそんなことも忘れているふうであった。

「失礼ですが、クニオさんはどうして編集者になられたのですか」

と倉橋が訊いた。

「生い立ちからつづくなりゆきでしょう、たぶん日本で生まれたことが根本的なきっかけです、道を間違えたかもしれませんが、後悔はしていません」

「立派だなあ」

彼は呟いたきり、あとは言わなかった。

クニオは酒を過ごす前に書類を渡して、一日の仕事を終えた気分になると、悲惨な人生を聞くことに夢中になっていった。それはおよそ精神の苦痛であり、肉体の悲鳴であったが、当人が笑える今に救いがあった。クニオもいつかしたたかな人間を書きたいと思うほど、生の匂いに満ちていた。

夜が冷えてくると、食堂は急にがらんとして店仕舞いの時間のようであった。こっそり勘定をしようとする倉橋を制して、クニオは会計を済ませた。どこかでもう少し語り合いたい気分であったが、朝の早い倉橋を休ませなければならない。

「東京へ帰ったら本作りをはじめます、倉橋さんも忙しくなりますよ」

「なんでもおっしゃってください、足が折れてもついてゆきます」

「いつか東京へいらっしゃい、外国ではないことが分かります」

食堂の前で別れて、クニオはホテルへ帰っていった。夜の街はそれなりに明るい。ひときわ高く点る明かりは病院やホテルのものであった。ひっそりとしている揚場の前を歩いてゆくと、すぐそこの海から冷たい風が吹きつけてきた。彼はコートの襟を立てて寒さを凌ぎながら、そのときになって倉橋の感懐の深さが分かる気がした。いずれ彼が手にする印税はさしたる額ではないものの、ようやく抱《いだ》きつづけた夢の味を知るときがくるのであった。

冬のある日、森均《もりひとし》という四十年輩の男が泉社を訪れて、与田が今日からうちの社員だと紹介した。神田の小さな出版社でやはり翻訳書を手がけていたとかで、与田が引き抜いたらしかった。中肉中背の地味な印象であったが、野太い声の自己紹介によると先祖は男伊達《おとこだて》で、その血を継いでいるので情熱では誰にも負けないということであった。聞いていた社員たちは誰ひとり鵜呑みにはしなかっただろう。そっぽを向いたり、下を向いて鼻で笑ったりしていた。

「モリキンさん、よろしくね」

白川の第一声が通称を決めて、お手並み拝見といった顔が不躾に並ぶのが泉社の歓迎であった。クニオは後輩になるのか頼ることになるのか分からない気持ちで見ていた。はったりだけの無能な男を与田が雇うはずもないが、年の瀬へ向かう季節のことで、唐突な補強に思われた。

「もうひとつ知らせておくことがある」

与田が言いかけたとき、秋庭が森の脇に立って、なぜか一礼した。わけを与田が話す前に誰もが察したことだが、秋庭は辞表を出したらしかった。

「残念だが、秋庭くんは堅い志があって泉社を去ることになった、まだひと月ほどの時間がある、惜しむなり、鞭撻するなり、それぞれのやり方で見送ってほしい」

「カナダの小島に知人が営む旅行社があります、そこで働きながら、私なりに日本をデザインしてみるつもりです、泉社のことは忘れません、よい人生勉強をさせてもらったと思っています、こうしていられるのもあとひと月足らずですが、よろしくお願いします」

そう秋庭は挨拶した。無謀な転身に思われたが、思いつめる質《たち》の彼にふさわしい道かもしれなかった。そのために泉社の空気が変わるのは仕方のないことであった。

それぞれの席に戻ると、森が一目瞭然の序列の順に挨拶してまわった。

「日本文学の担当だそうですね、田畑さんの短編集はよかったですよ」

クニオにはそう言った。

「専門は純文学ですか」

「なんでもやります、というかやらされますね」

「それは誰のものです」

机の上のゲラを見て彼は訊ねた。

「倉橋修です」

「聞かないなあ、いろいろ教えてください」

思ったより物腰の穏やかな男で、クニオはなんとかやってゆけそうな気がした。

明くる年には与田と小口が奔走して、ふたりの若い血を注入した。新卒のひよっこではなく、出版社であれこれ修業していた就職浪人の青年らで、ひとりは韓国系のハーフであった。クニオと違い、見た目は日本人と変わらない。やっと先輩風を吹かせられるときがきたクニオは、むかし与田が自分にしてくれたようにハーフの青年を近所の飲み屋へ誘った。

「母語はどっち」

「日本語です」

ホギリは言った。

「精神は」

「大阪人です」

「きっとうまくゆく、韓国文学を日本に広めて、日本文学を韓国へ輸出するには君のような存在がいる、だがうちの編集者はなんでもやるし、なんでもできなければならない、白川さんが認めてくれたら一人前だ」

「女性にしては乱暴な人ですね」

「淋しいのさ、怒鳴られるのを覚悟で教えてもらうという手もある、そのうち分かるだろうが、口ほど荒っぽい人ではない」

いける口のホギリは焼酎をストレートでやりながら、自分たちは怒鳴られることに馴れていない、正直苦手だと話した。当たり前のことを堂々と言える世代なのであろう。社会の一部である自身の存在を冷静に捉えているとは言えない。テーブルの塩は我が物とみるのか、テキーラのそれのように使われた。

「そんなことは自慢にもならない、学生のつづきは早く終わりにすることだな」

クニオは努めて優しく接した。

「きちんと仕事をすれば、それでいいのではないですか」

「では、きちんとした仕事を見せてくれ、今の君になにができる、まず猫背で酒食するのをやめなさい、人に会う仕事だし、相手に不愉快な思いをさせてよいことはない」

若いというだけで想像力の貧弱な血であったが、そのうち嫌でも変わるだろうとクニオは自分をなぐさめた。そうして新しい人が泉社の未来を担い、新しい出版を考える時代になろうとしていた。

倉橋の長編を改題して刊行すると、彼は見舞いがてら三浦へ届けにいった。暖気が長い冬を押しのけて、青空を呼び、過ごしやすい季節のことであった。東京より常に一度ばかり気温の高い鴨川は思った通り暖かく、逸早く練習期間を終えた鶯のさえずりが爽やかであった。

時分どきを外して午後の早い時間に訪ねると、玄関先に車が二台見えて、一台が帰るところであった。出迎えた夫人を見てクニオはどうしたのかと思った。いつもにこやかな夫人が疲れた顔を繕うこともなく、挨拶もそこそこに三浦の肺のために車は酸素ボンベを運んできたのだと説明した。神経質な病人のいる家の中では話せないことを彼女は一気に告げて、まるで自殺の手伝いですよと言った。

電話のようすではそこまで悪化しているとも思えなかったので、クニオは衝撃を受けながら、なんとか元気づけなければなるまいと思った。逃げ場のない夫妻はすでにぎりぎりのところで日を重ねているようであった。

夫人のかわりに明るい顔と声を運んでゆくと、三浦はクッションを枕にしてソファに横たわっていた。クニオが挨拶をする間に彼はどうにか身を起こして、

「鴨川に女でもできたか」

と言った。

「奥さまのファンです」

「笑えないな、編集者なら、もう少しまともな冗談を言え」

口は相変わらず達者であったが、土気色の顔は衰えを匂わせて、頬は削げていた。

「ビールをいただいてもよろしいですか」

「訊くまでもない、私も飲みたいと思っていたところだ、東京のきれいな女の話でも聞かせてくれ」

彼は言い、夫人が仕方なさそうにビールを運んでくると、コーラで割って口にした。コーラを注ぐとき、その手が震えて、却って悲惨な印象を醸したが、そこまでして飲むのは命を全うする人間の意気地のようでもあった。とめることは侮辱と言ってよかった。

クニオは鞄から倉橋の本を取り出して、自分の仕事を確かめながら、逆さにして差し出した。三浦がなんと言うか。それは半ば恐ろしい期待であったが、手間をかけた装幀には自信があった。

「倉橋さんの本です、よいものになったと思いますが、いかがでしょう」

「どれ」

三浦は新刊本の手触りを愉しむようにしばらくカバーに見入ってから、

「品はあるが、表題は前の方がいい」

と不機嫌に呟いた。あれは作家の実感だろうとも言った。倉橋から提案があって〝神はいない〟を〝詞海紀行《しかいきこう》〟と改題したのは、信仰に一生を捧げる人の歴史を考えてのことでもあった。

「神を信じている人がたくさんいますし、安易に使うべきではないと判断しました」

「関係ないね、文学だよ、それに信じない人もたくさんいるじゃないか」

「倉橋さんの希望でもあります」

「そこがまだ二流だ、それにつきあう君は三流だな、表題は小説の玉の緒だろうが、信念を持てよ」

病人の顔をしながら、三浦の言うことはしっかりしていた。体が枯れても気持ちの強い人であった。骨の髄まで作家の男はページを繰りながら、気になる箇所を確かめていった。手ずから赤字を入れた部分を覚えているのだろう。しばらくして言った。

「彼もこれで食えるようになるといいが」

「たぶん大丈夫です」

「やっと手にした幸運だ、堕ちないように面倒をみてやってくれ、私にできることはもうない」

「きっと佳いものを書きますよ」

クニオは期待をこめて言ったが、三浦が次の本を読むことはないだろうと思った。彼は夫人を呼んで、書斎から封筒を持ってこさせると、そのままクニオに差し出した。

「なんとか短編をひとつ書き上げた、持って帰ってくれ」

「ありがとうございます、与田も喜ぶでしょう」

「どうかな、書くには書いたが、佳作とは言えない、まあ、へぼ文士の置き土産だと思って笑ってくれ」

彼は自分の言葉に笑った。

どこかの窓を開けているのか、小鳥のさえずりが聞こえていた。のどかだが、三浦は疲れたとみえて、あてどない目を倉橋の本に落としている。今日にも彼は読みはじめて、拙い文章に傍線を引くに違いなかった。けれどもそれを倉橋へ送る日がくるかどうか。クニオは帰るときを計りながら、もう少し三浦の言葉を聞きたくて飲みさしのビールをもらった。唇からはつまらない言葉が出ていた。

「近くに鶯もいますね」

「ああ、たまに庭木にもやってくる、そのうち燕もくるだろう、毎年、坂下のクリーニング屋の軒下に巣をかける、この辺にも飛んでくるが、カラスがいるせいか虫を捕るだけで居着かない、鳥たちは賢い」

「雛が孵《かえ》るころにまたきます、自選短編集のご相談をさせてください」

「君に任せる、改稿は一切なしだ、旧字体もそのままでいい」

そのとき夫人がやってきて、ビールのお代わりをお持ちしましょうかと訊いてくれたので、クニオはきっかけにして別れを告げた。

「駅まで送ってやりなさい」

三浦が言ったが、それも遠慮して車を呼んでもらった。

三浦を解放するために外で車を待っていると、缶ビールを持ってきた夫人が、

「病人の相手をしてくださって疲れたでしょう、なんのお持てなしもしませんで」

と言った。

「とんでもない、いつも勉強になります」

「お世辞のひとつも言えたらいいんですけどねえ、書くものと一緒で固まってしまいましたから」

「ふらふらしている人よりずっといいです」

待つほどもなく車がきて、クニオは駅へ運ばれていった。酸素ボンベのいる体で最後の短編を書き上げた三浦の強さと、いくらか笑みを取り戻した夫人の頼りなげな眼差しが胸に残っていた。ふたりはこれから夫婦の縁を終えるために、最もはかない日々と切り結ぶのだろうと思った。坂下に広がる海は青天の光を浮かべてのどかであった。


ホギリを連れて再び鴨川へ向かったのはそれから数週間後のことで、後事を手伝うためであった。訃報が伝えられた日の午後には列車に飛び乗ったものの、クニオはひとりで亡《な》骸《がら》を守る夫人を思うと気持ちの底が抜ける気がした。それまで夫人に助けを求められたことはなかったし、三浦にしても無言を通した末の最期であった。せめてひとことでもと思うのは無事に生きている人間の贅沢か、身勝手な人情であったかもしれない。

三浦夫妻と一面識もないホギリは悠々として、仕事で仕方なく出かけてゆく顔であった。車中でも彼はビールをひっかけて、雑誌を読んでいた。そういう浅薄さに嫌悪を覚えながら、クニオは自身の心の処理に窮して黙っていた。

「三浦さんはどんな人でしたか」

雑誌に飽きたホギリが訊いた。

「小説を読んだら分かる、これからその人に会いにゆくというのに恥ずかしくないのか」

「出社したらこれですから、そんな時間はありません」

「鴨川に着くまでに襟を正せ、今日だけは勝手は許さん」

クニオはホギリの顔も見ずにそう言っていた。列車はいつもよりのろく感じられて、窓の外には青葉が流れていた。

三浦家へ着くと、彼らは袖に喪章を巻いて裏方へまわった。夫人が遠慮したのか、他社の編集者は誰もきていなかった。

亡骸は唯一の和室に安置されて、そばにうなだれた夫人がいた。クニオがお悔やみを言うと、夫人はほっとした顔になり、葬儀の段取りはお寺さんに任せていると話した。腰に根が生えたように三浦の傍を離れなかった。

「少し休んでください、あとは私たちがやりますから」

「でも、これが私のお別れですから」

夫人は言い、動こうとしなかった。

寺の住職の指図で、新発意《しんぼち》という若い僧が葬儀社の人と打ち合わせをしている姿は頼もしかった。台所を覗くと、酒屋の娘だという中年の女が夫人のかわりに働いていた。通夜の弔問客に振る舞う天ぷらを揚げているのだった。盛るのは立派な大皿であった。クニオはホギリと玄関まわりを清め、リビングに通夜の席を設けた。弔問客が集うには和室が狭すぎるからであった。終わると新発意に指図を仰いで、寺にスリッパや湯飲みを借りにいったり、台所を手伝ったりした。意外なことにホギリはよく働いて、愚痴をこぼすこともなかった。

夕方から通夜の客がぽつぽつときはじめると、彼らは出迎えて亡骸の待つ和室へ案内した。なにをするにも人手のいる一日で、夫人がひとりで捌《さば》くには無理があった。親しい近所の人らしい女がひとりふたりと現れて、客に酒を振る舞うさまは著名な作家の通夜とも思えない質素な営みであった。クニオも見覚えのある酒屋の主人が、とんだことで、と言って小さな座に連なった。娘の揚げた天ぷらがなぐさめの花となり、仕出し弁当が出される。故人を偲ぶお喋りはそのときの顔ぶれが決めるものだが、中に三浦が作家であることを初めて知る人もいて、小さなざわめきが湧いたりもした。

人数の少ないわりに通夜の席は話し声が絶えず、しめやかでいて明るくもあった。三浦のお膳立てかどうか、義理できているような人は見当たらなかった。生前のつきあいの違いはあれ、三浦の死を心から惜しむ人たちであった。

夜も遅くなって東京から車でやってきた与田が霊前に座し、線香をあげ、夫人に遅くなった言いわけをするのをクニオは廊下から見ていた。夫人は軽い食事をしたきり、もう長いことそこでじっとしていた。与田に礼を述べる言葉は乱れて、心労があらわであった。

「奥さん、少し休みなさい、線香は私たちが絶やしませんから」

「とても眠れそうにありません」

「明日もあることですし、横になるだけでも違います、私も今のうちに三浦さんに話しておきたいことがあるんですよ、少し時間をくれませんか」

与田がうまいこと夫人を追い立てて、クニオが寝室まで付き添った。戻ると、与田は本当に三浦に語りかけていた。口の中で呟くような声で、なにを言っているのかは分からなかったが、得意の皮肉か冗談で送っていたのかもしれない。

次の日は火葬場の都合で、早くから葬儀というあわただしさであった。七時には葬儀社の人たちがきて、手際よく出棺の準備をはじめた。三浦の遺旨《いし》で、棺の亡骸は普段着であったが、金具が外されていた。そこへ夫人が自分の着物を掛けたのは、ひとりで黄泉路《よみじ》をゆく三浦が淋しい思いをしないようにという心遣いであろう。やがて錦で覆われた棺は若いクニオたちが手を貸して運んだ。

三浦が墓所に選んだ寺は海辺にあって、無宗教の男の霊を弔う読経は日蓮宗のものであった。長い儀式を終えて海辺から山間の火葬場へ移動すると、あとは待つだけの時間が流れた。骨揚《こつあ》げまで二時間はかかるという。彼らは待合室でお茶をもらいながら、お別れの時間を過ごした。

　そのときホギリが言った。

「きのう三浦さんの書架を一瞥して目が覚めました、これほど教養の違う人を感じたのは初めてです」

「それだけ魅力的な人だった、君も一年早く入社していたら会えただろう」

「急に学ばなければならないことが山ほど見えてきた気分です」

　ホギリは自身の未熟さを痛感したらしく、

「うかうかしていられませんね」

　と洩らした。東京を発つときには出張気分だった青年が、些細なきっかけで変わってゆくかもしれないのだから、人生は分からなかった。クニオはそれも三浦の仕掛けたいたずらのような気がした。

　骨揚げがすんだのは昼どきで、丘陵の家に戻ると、酒屋の娘が鮨桶を広げて待っていた。骨壺を故人の文机に据えてほっとしたのか、夫人も人の輪に加わり、

「我が儘な三浦を、我が儘な望み通りに見送ってくださり、みなさん、ありがとうございます、三浦も満足でしょう」

　と丁寧に挨拶した。

「酒飲みだった三浦さんに献杯しましょう」

与田が口を添え、酒屋の主人がいい酒ですよ、と言葉を継ぐと、一気に座が和んだ。儀式の気疲れは誰にもあって、今はおそらく故人が最も安らいでいた。最後に佳い短編をもらいましたが、読みましたか、と与田が夫人に訊ねた。

「いいえ、あれは読まなくていいと言いまして」

「それは変だなあ、おふたりの実話と思しきことが書かれているのに」

「きっと照れたのですわ、ああ見えて小心なところがありましたから」

「はは あ、それで小説の中で告白したというわけか」

「なにをです」

「読めば分かります、そのうち活字になりますから、ゆっくり味わってください」

これからひとりで暮らしてゆく夫人に、ある愉しみを用意しておくのも与田流の機転であったかもしれない。昼食の鮨を食べ終えると、片付けの女手を残して男たちは日常へ帰っていった。生きている人間には生活もあれば明日もあるのだった。

クニオたちにも帰るときがきて、車に荷物を積んでいると、

「君はもう一泊してゆけ」

と与田が囁いた。さりげなく玄関の方を振り返ると、奥に夫人が所在なげに立っているのだった。拒む理由はなかった。まもなくホギリを乗せて与田は鴨川を後にした。

「お疲れでしょう、今日できることは終えました、あとでしみじみやりましょう」

そう言うと、夫人は素直にうなずいて、クニオさんともしばらくお別れですね、そう言った。

その夜、夫人の手料理を肴に彼らは酒を酌み交わした。

「お粗末で」

と恥じらう夫人にも、どうにか酒を味わえるときがきて、疲労のうちにもいくらかの休らいがあるかに見えた。看病の日々は心許なく、肉体的にもひとかたではなかったであろう。クニオはそう思いながら、それでも今日を迎えた夫人を芯の強い人に見ていた。儀式という急場を凌いだ夫人は解放されて、仕方のない喪失感に揺れながらも終わったことに安堵しているふうであった。

クニオが居残り、なりたての未亡人を気遣うことに夫人は感謝して、

「今日をどうするかと思っていたときに、ありがたいことです」

と言った。女の口と芯の強さはまったく嚙み合わないことがあるが、夫人のそれは半々に聞こえていた。教養や強さを韜晦して非力な女のように振る舞うさまは三浦夫人らしいことでもあった。

「三浦さんのことですから、遺言も人並みではないでしょう、なにか突飛なことを言い残したのではありませんか」

クニオはふさわしい話題を探して、そう訊いてみた。

「遺言状は平々凡々の類いです、作家らしいことはなにひとつ書いてありませんね、でもそこがあの人の気持ちでもあるのです、泣き言の嫌いな人でしたし」

「そう言えば苦労話を聞いたことがありません、いろいろあったでしょうに」

「私たちの世代は多かれ少なかれ苦労をしています、中流は意識だけ、実際は貧乏という家庭がごまんとありました、だから三浦のような人が育ったとも言えます、彼はじめじめした暗さや生活苦の話が嫌いでしたから、かわりに私が吹聴した時期もありました、女はそれですっきりしますのよ」

夫人は興に入《い》って、それなりにおもしろい人生だったと話した。明るい情景が浮かんでくるのか、目に笑いを溜めていた。三浦に酒を酌んでやるように、身についた仕草でクニオのグラスを満たしながら、夫婦の日々を復習《さら》っているようでもあった。

「作家の女房なんて陰の存在ですけど、なりたくてなれるものでもないし」

そういう夫人に三浦を重ね合わせてクニオは見ていた。最後はどうだったのか。訊いてはならない気がしていたが、それは夫人の口から自然にこぼれた。

「最後に口をきいたのは亡くなる前の日です、声にならないので私が耳を寄せると、なんでも好きにしろ、罰は当たらない、そう言いました、間違いありません」

「三浦さんらしい思いやりですね」

「まあ、そういうことになりますか」

夫人ははにかみながら、そう信じている目顔であった。

死別の哀しみが厄介なことになるのは愛した人の場合で、クニオのそれはもう遠い過去のことになろうとしていた。直中《ただなか》にいる夫人は、明日から三浦のものを整理してゆくと話した。それが彼女自身の終わり方ということになろうか。それはそれで淋しい終焉に思われたが、ほかに老齢の夫人が丹精できることもなさそうであった。

その夜も遅くなってクニオは釧路の倉橋に連絡した。電話に出た男は執筆中で神経が高ぶっていたが、訃報を伝えると、しばらく絶句してから、

「ああ、あああ」

と万感を吐き出した。まるで孤独な海原で船影を見失った人間の狂おしい嘆きのような声音であった。恩義だとか水臭いとかいったありふれた人情の発する声ではなかった。その絶望とも地団駄《じだんだ》ともつかない慟哭《どうこく》につきあううちに、なぜかしらクニオは喜びを覚えていった。

日本文学の精華を求めて名作の再読をはじめたのは三浦利之の影響であったが、あるときその特質を客観的にとらえるために〝ジ・イズ・ダンサー〟を読んだクニオは、これはもう手のつけようのない別物だと思った。自在に語順を変えられる日本語の原文と、文章の組み立てに限界のある英語の訳文を比べてみると、冒頭の部分からして柔軟性の差が瞭然としていたからである。それは子供のころから感覚的に分かっていたことだが、日本文学を日本語で読んできた彼には麻痺しているようなところがあった。

貧しい旅芸人の踊子とダンサー、雨脚とシャワーの違いを早く言うなら、こまやかな情景描写から入る日本文は「道がつづら折りになって」ではじまり、英文は原則通り主語の「にわか雨」ではじまる。しかも峠の「天城《あまぎ》」が意図的に省かれ、「いよいよ」「近づいたと思う頃」「すさまじい早さで」という描写を無視したためにひどく単調な印象である。読点で大きく分割される文節の順も、主語を頭に据える英文では真っ逆さまになっている。意味は大きく損なわないとはいえ、味わいがなく、日本文では目に浮かぶ伊豆の山道が、英文ではただの「イズ」になってしまう。ひらがなの流れに浮かぶ漢字が醸す情趣といったものも、英語で表すのは不可能であろう。言語の美質はそれぞれにあるとしても、小説では表現を重視し、語彙を駆使して描写するのが日本文であるから、日本文学を本当に理解するには日本語で読むしかないというのが彼の性急な結論であった。逆に英文和訳では原文より美しくなる可能性が高いとも感じた。それはすでに実証済みかもしれなかったが、それすら日本文を読めて初めて分かることではないのかと思った。

「あなたも私も英語を重宝して使うけど、煎じつめると日本語の人間なのよねえ、そうでなければ翻訳なんてできっこないし」

長いこと〝ファーマー〟を訳しつづけているアニーが、そう言ったことがある。翻訳をしないクニオは翻訳家の溜息として聞き流していたが、今になり実感が湧いてくるのだった。

いつのまにか過ぎてゆく歳月の速さを感じていながら、まだ学ぶ時間はたっぷりあると思っていた彼は、急に年老いた気がした。編集者としてはそこそこ立っていられるものの、本来の目的地ではないからであった。といってすぐに転身できるものでもない。母のこともあれば生活もあるし、日本文学に関われるだけでも幸せだろうという気持ちもあって、その部分では安閑としていたらしい。

いつともなくアニーとの男女の関係が霧消して、ユリがその代わりを務めてくれるようになっていたが、互いに人生をひとつにしようという気持ちには至っていなかった。一端の編集者になった彼女に結婚願望はなく、かつての美しい文学を取り戻すことを密かな目標にしている点でクニオとつながっているにすぎない。

その日も仕事の隙《すき》を縫うようにして会ったふたりは、そんな話をした。

「思い立って〝イズ・ダンサー〟を読んでみたが、日本文学の美点を再認識しただけだった、言語の違いはいかんともしがたい」

「なんのこと」

「伊豆の踊子」

「嘘でしょう、ブロードウェイのダンサーかと思った」

「そこが日本語と英語の違いだろう、人間に例えるなら日本語の方に幅があると思う、つまり我々はそういう人たちに恵まれているわけだ、幸せなことだが、仲間にしか分かってもらえないもどかしさもある」

「悲観しないで、孤独なのは日本語だけではないでしょう、外国の人に分かってもらえないとしても値打ちが下がるわけではないし」

小説に美しい世界を求めるユリは、美しい文章で埋まるページを眺めていれば満たされる人であった。自分にそういう小説が寄ってきて、いつのまにか自分の身になるのを愉しむ。編集者としてはその原石を掘り当てる幸運や、傑作を手がける夢を見ながら、上司の指示に従う日々を送っている。高給を取るわりにクニオほどの自由はない。それでいて重たい葛藤に持ち込まないところが今どきの人らしいことではあった。

「三浦さんは本当に良い文章はまぐれの産物だと言っていたが、川端の文章にまぐれは感じない、自然に粗いところもあるし」

「完璧な文章は却って息が詰まると思います、そこまで計算して書けるとしたら、すごいことですけど」

「いや、それはない、美しい文章を生むために苦労するのが作家だ、わざわざ駄文を組み込むような真似はしないだろう」

「駄文で押し通す人もいます」

「そんなのは作家の屑だ、何人か知っているが顔も見たくないね」

「今日は怒りっぽいですね」

　ユリは茶化した。

　クニオの考える文学の埒外《らちがい》にいる作家を担当し、内心では軽蔑しながら、売れるというだけでご機嫌をとるのも編集者という人種であった。ユリもそのひとりだが、クニオはそろそろ作家を選ぶ権利を行使して離れてほしかった。それを言うと、ぺいぺいですからと逃げる女も好きではなかった。

「クニオさんは海外文学も手がけるから、私たちより視野が広いと思います、それに佳い作品しか出さない泉社の社員です」

「海外文学なら君のところでもやっているじゃないか、うちとは規模が違うし、機動力もある、泉社を特別視する理由にはならないだろう」

好きな人と会っていながら、心からくつろげないときがあり、今日はその日のようであった。牛肉と野菜のチップスをフォークで摘まみながら、彼らは堅苦しい問答を繰り返した。そのうちなぐさめ合うか、別れるかという時間がくるのだった。

「作家の才能に言語の特質が加勢して、日本の文学は佳いものを蓄えてきた、それなのになぜ日本人は簡単に海外文学を尊敬してしまうのかね、訳文でなければ読むに堪えないものもあるというのに」

「未知の香り、生き方の違い、それだけでも魅力的です、過大評価は文芸記者や学者が発信する賛辞の受け売りという気がします」

「なんとか文学研究者か、本当に分かっているのかね、ロシアやドイツをやたら誉めるくせに日本文学には厳しい、彼らはたいてい習っている、そのつづきで心酔してしまうのは恐ろしいことだ、例えば芝木の短編を作者不詳としてフランス語で仕立て直したら、彼らは傑作と見るだろう、ところが実際は日本文の秀美に勝てやしない」

「美しいものはよいです、でも文学は美しいだけでは成り立ちません、私は美しいものが好きですが、それがすべてとも言えません」

ユリの考え方は違って、美しいものを欲しながら、醜悪も書きようで許すというスタンスであった。むろん人間はいつの時代も汚れているので、美しいものだけを書くわけにはゆかない。だが、美しいものを美しく表現することすらできない文章が増えているのが現実であるから、救いようのない醜悪にもある人間性を理屈で庇うことはできても、美しくさらりと描写することはできない。

「井伏の〝山椒魚〟はどうだろう、あのラストの心境を外国人が美しいものとして受け入れるだろうか」

「もちろん分かる人は分かると思います、民族によっては笑い飛ばすかもしれませんが」

「そういう人にも分からせるのが文章だとしたら、世界基準では五十点ということになりかねない」

「すべての人に同じ読後感を期待すること自体に無理があります」

「それはそうだ、しかし複雑な話ではない」

「単純な話はごまんとあります」

「どっちの味方だ」

「つづきは次回にしましょう、ちょっと仕事も気になるし」

ユリの逃げ口上であったが、クニオは理解した。同じ編集者として同じ話題に和みながら、ときおり耐えている女も分かるからであった。

「ところで歩美くんはどうしている」

「萎《しお》れました、彼女の限界かもしれません」

「発破をかけてやれよ」

「もちろんかけましたが、殻に籠ってしまって手がつけられません、電話をしてやってください、クニオさんの話なら耳を傾けると思います」

「彼女も大人だ、創作のゆきづまりなら自分でなんとかするだろう」

たまの逢瀬も終わりにするときがきて、ふたりは同じ車に乗り込んだ。途中でユリを降ろして、クニオは市ヶ谷へ帰ってゆく。自宅でもちょっとした仕事をする彼女のマンションに寄ることはしなかった。同じことで彼女がクニオのマンションにくることもない。暗黙のルールが生まれる月日が流れ、他人には理解しがたい間柄になっているのを互いにうっすらと淋しく感じるだけであった。かわりに没入できるものを彼らは等しく持っていた。


田畑歩美に電話をしてみたのは泣き言を聞くためではなく、もう一度泉社から本を出してみないかと誘うためであった。若い出発点から長く書きつづけていながら、出版という世間に埋没しているらしい女には新しい刺激的な目的を与えるのがよかった。ユリには消極的なことを言ったものの、表現力のある作家がよみがえる可能性はいつでもあると思った。

直近の数冊を読んでみたのは電話をかける前である。文章が荒れて、テーマもタイトルもよくなく、書き急いだ痕跡があらわであった。そんなものが評価を得るはずもなく、埋没は自業自得と言ってよかった。気持ちを強く持って書いていれば生まれる自負も佳作も、売れるものを目指したために消えてしまったらしい。ユリがついていながら、と思うのは彼の欲で、幾人もの作家を抱える編集者にも人に言えない疲れがあるのだった。

歩美は病的に肥った暗い顔で、待ち合わせた新宿のバーにやってきた。

「お久しぶりです、こんなになっちゃって」

「エネルギーを溜め込んでいるらしい、使い道を考えよう」

片隅のテーブル席に向き合うと周囲を忘れられる静かなバーで、お決まりの挨拶を交わすうちに飲物が運ばれてきた。クニオはビールで、歩美はブラディメリーであった。

「飲めるようになったね」

「はい、もうなんでもいけます」

彼女は言った。たぶん家でも飲むのだろう。飲みながら書くのはどうかと思うが、飲まなければ書けないよりはましであろう。そのあたりからクニオは探ってみた。

「いつのまにそんなに強くなった、飲みに出歩くタイプではなかったと思うが」

「馴れですね、ちびちびやっているうちに結構飲めるようになって、湯上がりの一杯を覚えてからはレベルアップしました」

「そのまま書くときも飲んだりするのか」

「ええ、ウイスキーをちょっと嘗めながら」

歩美は簡単に言った。そうして壊れてゆく作家をクニオは知っていたから、歩美にも危険を感じた。あの酒好きな三浦でさえ執筆中は飲まなかったし、酔い心地でよい文章が生まれるとしても、そう長くはつづかないはずであった。

「こうして飲みながら言うのもなんだが、執筆時の酒はやめた方がいい、せめてその日の仕事を終えて原稿を読み返すときにしたらどうだろう」

「でも机にグラスがあると落ち着きます」

「中身を替えればいい、ついでに小説も変えよう、生活もあるだろうが、作家になったからにはこれが代表作だと誇れるものを目指そう、たぶん君自身が感じているより田畑歩美は正念場にいると思う」

「クニオさんは変わりませんね、ずっと会っていないのに、どうして私のことが分かるんですか」

「小説を読めば分かるさ、編集者だからね」

歩美は黙った。創作の苦しみばかり意識してきた女は、積み重ねた駄作を知るのであろう。だから出かけてきたとも言えた。クニオは自然に没入できるテーマを探して、描写や表現を愉しむことをすすめた。

「美しい表現にこだわってみないか、無理に事件など起こさなくていい」

「書き下ろしですね」

「好きなだけ直せる、生活に困るようなら印税の前払いも考えよう」

それは歩美の焦慮に向けた独断的な激励であったが、与田を説得するくらいの情熱と算段に困ることはなかった。

「こんなありがたいお話は久しぶりです、お酒がおいしいなあ、思い切り飲んでもいいですか」

歩美は言い、まだどうなるか知れない話に乗り出してきた。なにかを摑んで帰りたいという気持ちが表情に浮かんでくるのは幸先であった。身についた不安と期待に瞳が揺れているのを見ると、クニオはその急所をつついてみた。

「かつて君の文章には色気があった、まずあれを取り戻そう、安易な改行と体言止めをやめて美しい一行を連ねる、すると字面《じづら》も美しくなる」

「字面は関係ないと思いますが」

「いや、佳い小説は字面も美しい、日本語は自然にそうなるようにできている、作家が魂をそそいだ表現で埋まったページは本当に美しい、そんなページを君にも生んでほしいし、私も読んでみたい」

「一から出直しということですね」

「そういうことになる、経験を積んだ作家の新生面は読み応えがあるが、惰性で書いているような文章はつまらない、十行に一行でもいいから光るものを見せてくれ」

編集者と作家の会話は創作の森の道へ分け入ってゆき、どこへ行き着くのか分からないところがあった。クニオは胸にひとつの答えを持っていたが、歩美が同調するとは限らない。そのために会っていながら、相手の腹を探るやりとりがつづくと酒もすすんだ。バーは小暗く、そこで睨み合う彼らは現実の夜から孤立していた。

「腐った尻尾を切れるかどうかだよ」

彼は言った。

「日和見主義に感染した体はどうするの」

「美しい文章で消毒する、ほかに特効薬はない」

「簡単に言いますね」

「編集者の特権さ」

「それでなにを書けというの」

「中編をふたつ、その長さなら君の持久力も完結する、主人公は君がよく知っている人間の肖像、例えば江坂ユリという女性を裏側から書いてみるのはどうだろう、事件はいらない、君の表現で一個の人間を突きつめて書けたら佳いものになると思う」

「男でもいいかしら」

歩美はおもしろみを覚えたらしく、そう訊いたが、同時に人差し指を挙げて、ウェイターに酒のお代わりをした。

「モデルは誰でもいいが、その人を傷つけても美化してもならない、できるか」

「今はできるような気がするけど、明日もそう思うかどうか分かりません」

「構想は後まわしにして冒頭の一行で決めよう、今まで考えたこともないような美しい文章を編み出してくれ、佳いものができるまで百回でも二百回でも書き直してほしい、その一行に残りすべてを懸けよう」

「正気ですか、そんなことで私の小説が変わるでしょうか」

「自信がないなら飲んだくれて終わるさ、今の君にぴったりだ」

その夜、彼らは看板になるまで飲みつづけた。歩美は本当に酒が強くなって、へらへらしながら注文することは忘れなかった。クニオはだらしない酒と女に疲れていたが、突き放すわけにもゆかなかった。ほんのわずかな可能性だけが放恣な夜を支えていた。

店を出ると、歩美はくねくねした体で駅の方へ歩きはじめたが、そんな足どりで終電に間に合うはずがなかった。タクシー乗り場はどこも行列である。

「うちの方が近い、歩けるなら一泊奢ってやるよ」

クニオは言い、うんともすんとも言わない女の手を引いて歩きはじめた。編集者の仕事と言えるかどうか、ユリにはできないことを歩美にできるのはなんの下心もないからであった。夜の通りには車が疾走していたが、空車はなく、彼らは都会の漂流物のように舗道の川を流れていった。

文学にまみれて日を繰る歳月にもときおり生活の反撃があって、たてつづけに必需品を欠いたり、断水の通知を見落としたりすることがあった。買い足せばすむものも、つい忘れて不自由をつづける。福生の異変に気づいたのは晩夏のことであった。電話をしても真知子が出ないことが幾日かつづいて、ある日訪ねてゆくと、入院していると分かった。

「救急車がきたときにはもう気絶寸前でしたから、連絡どころではなかったのでしょう」

そう隣家の老婦が教えてくれた。

入院先は家から歩いてもゆける総合病院であった。バンプルーセンという患者がほかにいるはずもなく、受付で訊ねると状況はすぐに分かった。腸閉塞の処置は済んで、今は精密検査をしているという。

病室に入ると、そこは個室で、暢気たらしく本を読んでいた真知子が、あら、と小さな声をあげた。しまったという顔であった。

「本を読めるくらいなら、電話をくれてもよさそうなものだ、母親の入院を知らない息子は馬鹿に見える」

「退院してからするつもりだったの、余計な心配をかけてもいけないし」

彼女はそう言いわけした。

病人の顔色ではなかったので、クニオはほっとしながら呆《あき》れもした。真知子の自主性は老いても変わらず、子の目には人に優しい頑固の塊にも見えるのであった。身の上にしては贅沢な個室を訝《いぶか》っていると、

「ここしか空いていなかったの、月給が吹っ飛ぶわ」

平気な顔で言った。支払いを案じて沈まれるよりはましだが、困難を適当に回避する性質のために口調には重みがなかった。同じことを暗い顔で言われたなら、母子で深刻な事態を味わうことになる。クニオはふと、これも言葉の芸かと思った。

「それで検査はどうなの」

「あっちこっち調べているから、明日までかかるそうよ、腸閉塞で肝臓や肺まで調べることもないと思うけど、急患の身で文句も言えないし」

「この際、調べてもらったらいいさ、どこかにがたがくる歳でもあるし、そういう生活でもある」

「年をとれば思うようにならないことが増えて当たり前でしょう、悠々自適のはずが精神を病んだり、働く意志があるのに金欠病だったり、年寄りを一様に見る方がおかしい、ど

う生きるかは男と女でも違うでしょうし」

祝福されない結婚にはじまり、自分で自分の人生を決めてきた女の理屈にクニオは勝てない。彼女が彼自身の根源でもあるから、うまくやり返せない。けれども、そろそろ生計を忘れてのんびり暮らしてもらいたかった。

「退院したら、今度こそ一緒に暮らすことを真剣に考えてほしい、もう少し広い部屋を借りてもいい、それくらいの余裕はある」

「私は福生で終わることに決めています、老いたジョンと一緒に犬を飼う夢は実現できなかったけど、近くに彼がいるような気がするの、そのうち戦闘機に乗って迎えにくるでしょう」

「どこだろうと飛んでくるさ、愛妻家だったから、粧《めか》して幸せそうなかあさんを迎えにくると思うね」

「私の子供にしては口がうまくなったものねえ、その口、大切な人のために使いなさい」

彼女は言った。言葉は吐き出す人の人格や信条で味わいが変わり、優しくも厳しくもなるようであった。真知子には悪あがきを嫌うところがあって、自身に厳しい人の雰囲気を備えている。言葉は空手で生きる女の武器でもあろう。書き言葉に応用したら、歩美の文章も強くなるかもしれない、クニオはそんな気がした。

「かあさんの生き方は文学的だね、文学に仕える俺には歯が立たないよ」

「ばか、おっしゃい」

「むかしとうさんが言ってた、真知子は強いから軍人の妻でいられる、もしかしたら今も軍人の妻を生きているのかもしれないね」

「お生憎《あいにく》さま、私が愛したのは軍人のジョンではありません、たまたま愛した人が軍人だっただけです」

「そういうことも弱い人には言えないと思うけどね、とにかく病気のときくらいは頼ってほしい、退院する日に迎えにくるよ」

「ひとりで帰れます、子供じゃあるまいし」

真知子には嬉しいより厄介ということになるのかもしれなかったが、今を措いてとことん話し合う機会もないようにクニオには思われた。その日、彼は職場へ帰ったものの、臨時の休暇をとって数日を真知子と過ごすことにした。勤めてから初めてのことで、与田も思い当たることがあるのか、

「君にも親がいるのを忘れていた」

と言った。

市ヶ谷へ真知子を連れ帰るつもりでいながら、退院後の当座の買物をするのはおかしなことであった。なにを食べ、どんな生活をして病気になったのか、福生の家にはろくな食料がなかった。入院中することもなくぶらぶらしていた真知子は、退院の許可が下りると

歩いて帰ると言い出した。救急車で運ばれた道を歩いて帰るのはどうか、とクニオがとめるより早くすたすたと歩いてゆく。

「験直《げんなお》しにお鮨でも食べましょうか」

歩きながら彼女は言った。

「病院や介護施設の食事は薄味だから、患者はお醤油がほしくなるのよね」

「健康でいれば好きなものを好きなだけ食べられる」

「健康でも年をとると食が細くなる、たくさん食べられるつもりで買い込んで捨てるのはもったいないわ、あなた、仕事はいいの」

「大丈夫だ」

「私は基地の勤めを辞めて、今はお弁当屋の調理場の手伝いをしています、早く復帰しないと首になるかもしれない」

出し抜けに告げられて、クニオは言葉を返すのが遅れた。並んで歩くと以前より小さく見える真知子に老いを感じ、やはり無理な労働を感じた。

「ちょうどいい、退職する理由もできたことだし、引退しよう」

「引退してなにをするの」

「我が家の台所に立ってほしい、あとは好きなだけ本を読むさ」

「本ならここでも読めます、もう先は見えているけど、なんとか生きるにしろ終わるにしろ、この街を味わい尽くしてみたい、そのうち自然に消滅できたら本望です」

クニオは吐息を洩らした。親しい土地で終わりたいという気持ちが分からないではないが、裏に子供の負担にはなるまいという気持ちもあるのではないかと疑った。そういう形で真知子は今も母親を生きているのかもしれなかった。

「週末だけこっちで過ごしてもいいかな、月曜の朝に出勤して、金曜の夜に帰ってくる」

なんとなく考えていたことを口に出してみると、そちらの方に現実みがあった。ぎりぎりの妥協案はささやかな一撃となって、真知子の心を揺らした。

「いいけど、つづくかしら、だいいち向こうの生活はどうするの、寝るだけの家になってしまいますよ」

「奇特な同居人を探して、家事を任せて、家賃の半分をもらうのはどうかな」

「自分の都合ばかり考えるようでは男性失格ですね、そんな男には結局なにもできないものです」

「エッセイを書けるね、編集者飼育法とか」

「老女の戯言《たわごと》で結構」

「売れそうだな」

やがてカラフルな古い家の並ぶ通りに差しかかると、クニオもなぜとなく休らう気がした。都心にはない屋根の低い眺めには安価なペンキの色彩が似合って、そこが彼にも親しいのだった。若さが覚え、愉しんだ色調であった。同じことで真知子も若い気持ちでいられるのかもしれない。物陰にジョンが隠れていそうな通りには寒々しい色がなく、燃えさしの夏が漂っていた。

もしジョンがいたら真知子の今をどう見るだろうかと考えながら、クニオは母の狭くなった歩幅に合わせて歩いていた。生きた歳月に比べて短い結婚生活の記憶が、今では彼女の大切な土台になっているらしいことに気づくと、片意地な言動にも筋道があるように思えてきた。突然の死別は彼自身の出発点でもあり、なにもできなかった分だけ悔いと脆《もろ》さを味わうことになったが、母のそれはいつからか温かいものに変様しているようなのであった。その違いがその後の生きようにもなって、女の晩節をほんのり彩るさまを、クニオはあたりの色彩に重ねて見ていた。真知子の中に死別の哀しみに勝る麗しい記憶が生まれているなら、それはそれで最後まで持ち歩くのが女の自由というものかもしれなかった。

幾度かの夏がゆき、雨の秋もゆくころ、与田が引退を宣言して熱海に生活の場を移しはじめた。小口とは内々に準備をすすめていたらしく、社長の座は彼が継ぎ、森が補佐することになった。与田もしばらくは相談役として運営に関わるという。そういう年齢ではあったが、彼のいない泉社がどうなってゆくのか怪しいところでもあった。クニオは主任の肩書きをもらったものの、することはさして変わらない立場であった。

星まわりのよい年で、春にはホギリが担当した翻訳書が流布し、夏には倉橋が屈指の文学賞を射止め、歩美がつづくという華やかな季節が流れていた。倉橋は放っておいても佳いものを書いてくる人だが、歩美には手を焼いた分だけクニオの感慨も一入《ひとしお》であった。編集者としてひとつの結実を眺める思いで、彼はその夏を過ごした。受賞作が売れて会社も作家も潤い、前途の明るく見えるときに、しかし与田は引退を決めたのである。彼らしい幕の引き方であったが、クニオは支えを失う気がして心許なかった。目先の仕事を片づけながら復刻本の帯を作っていると、与田が寄ってきて眺めた。

「思ったより長くかかったな、だが、これで歩美ちゃんも突きすすむだろう」

さりげなく帯のコピーを確認しながら立っていた彼はそう言って、クニオの労をねぎらった。それからまたさりげなく言った。

「君には個人的に相談したいことがある、一段落したら一度熱海へ遊びにこないか」

「私でいいんですか」

「君のほかに適任者はいない」

社用ではないらしいので、クニオは休日に訪問することにして、それから間もない初冬の朝早く新幹線に乗り込んだ。週末に福生へゆく生活をつづけていたが、その日は市ヶ谷のマンションから出かけた。

「ご馳走に飽きると思うから、ハヤシシチューを作っておくわ」

出がけにアニーが言い、彼らは軽い抱擁を交わした。夫婦でも恋人でもない、言ってみれば異国の習慣を継ぐ元恋人のふたりの曖昧な挨拶であった。

長い空白を経て同棲することになったのは互いの都合が一致したからで、縒りを戻すとか、結婚へ向かうとか、共通の未来図があるわけではなかった。アニーは翻訳で食べてきたが、裕福とは言えない。クニオは家に気を許せる人の気配がほしかった。ふたりで暮らしたからといって家庭になるわけではないが、それなりの雰囲気は生まれた。

一日のほとんどを家で過ごすアニーは収入を得るための翻訳をしながら、日に数行というペースでコスタの〝ファーマー〟を訳してもいる。難敵をじりじり追いつめてゆく戦法で、完璧な日本文になるまで次の文章へ移らない。あるときは一行のために一日を潰しながら、次の日にまた直したりもする。クニオは夜遅く帰ってくるので、日中は自由であった。週末には完全にいなくなる。

同じ二言語を操る重宝な相手を得ると、境界線が薄れることがある。翻訳の作業が泥沼にはまり込むと迷子になるアニーが意見を求めることがあって、クニオは原文と訳文を読まされた。

「よくない」

「どうすればいい」

「これは捨てて、別の言葉から書き出してみたらどうかな」

「もう百回もやってる」

「百一回目にトライするしかないね」

肩を落として書斎へ戻る女にクニオはコーヒーを淹れてやり、自分は休んだ。朝なら抱擁でごまかして出かけてゆく。逆に会社の仕事を見せると、人の文章には手を出せないと突っぱねながら、修飾語が凡庸ね、などと女は言ったりした。

ひとつ家に暮らしながら、ソファに並んでテレビを見るといった同居人らしいことを彼らはしなかった。かわりにそれぞれの部屋でそれぞれの困難と向き合う。それでいて互いの存在に安心するようになっていた。

同棲して一年もしたころ、アニーを連れて福生へ行ったことがある。一緒に暮らしている人、という事前の案内は真知子に未来の嫁を連想させて、さりげなく観察する口実を与えた。ハーフとハーフ、編集者と翻訳家という組み合わせは彼女の目に好もしく映るらしく、端《はな》から好きな人を持てなす歓迎ぶりであった。アニーは緊張することもなく、男の母親に接した。

「かわいい街の、かわいいお宅ですね」

その印象は真知子の思いに重なり、女ふたりの話は互いの生活スタイルから洋服や日用雑貨の趣味といったささいなことへ流れていった。奉仕の日と決めていたクニオは台所で酒の支度をしながら、聞くともなしに聞いていた。

「献立に困ったときは、キャンベルのミネストローネに胡椒をふるだけで立派なスープになります、パンはクロワッサンがぴったり」

「私はポタージュにパプリカをふります、器が大事ですね」

「スプーンだけは良いものを揃えなさい、一生物と思えば安いものです」

「でも実際買うとなると勇気がいります、デパートで三十分も眺めていたことがありますが、結局安い方へ手が伸びてしまって、それが今のところ私の一生物になっています」

そんなことから女たちは互いを知るらしかった。

夕食には早い時間であったが、ワインをあけて、彼らはお喋りを愉しんだ。それぞれに話題が豊富で聞き上手でもあったから、沈黙の瞬間に困ることはない。やがて真知子がジョンの写真を持ってきて、彼も参加したいようだから、と亡夫を紹介した。アニーに気を許した証であった。

「写真は市ヶ谷にもあります、今のクニオさんと同じ年ごろでしょうか、大人に見えますね」

「優しい人でしたよ、ジョークが得意で」

クニオはニッケルの話にならないことを祈った。それは自分の口からいつかアニーに話すべきことであったし、せっかくの団欒が一気に冷めるのを怖れるからであった。ありがたいことに真知子は話さなかった。おそろしくゆっくりワインを嘗めながら、質問と笑いを繰り返した。

「翻訳はどんなものをしますか」

「英文学です、依頼はアメリカのものが多いですね」

「逆もできそうですが」

「無理です、日本語が母語ですし、書くなら日本文が好きです、同じレベルで英語に訳す自信がありません」

「やっぱり、実は私も和文英訳を仕事にしようかと考えたことがあります、でも私の英語力では無理だと分かって、すぐに断念、あなたはよい仕事を見つけて、よい決断をしましたね」

「ほかに能がなかっただけです」

「それを才能と言う人もいます」

真知子に年の離れた女性をあしらう尊大さはなく、その言葉遣いをアニーは愉しんでいるふうであった。なめらかに噛み合う会話はやはり真知子の話し方のせいであった。

「才能の前に性格もある、アニーは完璧主義だから、余計な苦労も多い、そうだよね」

とクニオは揶揄した。

「むかしと言ってもいいくらい前に依頼した翻訳がまだできない、待《ま》ち惚《ぼう》けの編集者は形無しだ、おまけにコーヒーまで淹れさせられる」

「あら、私から頼んだことはないわよ」

「いっそ頼んでくれたら、気分がいい」

「コーヒーを淹れるくらい、なんです、男が下がりますよ」

真知子のひとことが笑いを誘う中で、クニオは自分の立場に気づいていった。アニーと暮らして勝手がよいのは自分の方で、彼女のためにしてやれることは少ないと思った。文句も言わずに家事をして、深夜にクニオが帰宅すれば出迎えもする。その暖かさに対してクニオはいくらか割り増しに月のかかりを負担しているにすぎなかった。出すものを出していればコーヒーやティッシュペーパーが切れることはない。かつて体を合わせた仲にしては合理的すぎる今であった。

「真知子さんも本読みだそうですね」

アニーは固有名詞を使って自分の立場を伝えた。おかあさん、と呼べるほど近しい関係ではないこと、クニオとの共同生活が若い男女のそれではないことを婉曲に伝えようとしたか、無意識に異国の習いが出たのであろう。今でも亡夫をジョンと呼ぶ真知子は気にするどころか、若い気になって答えた。

「私の読書には癖があって、身になるものを直感するところからはじまります、そういうものしか読んでこなかったので、失策も多いはずです」

「つまり、手に取った本の文章に誘われるかどうかですね」

「そう、ほとんどの本は冒頭の一ページを見て読むかどうか決めてきました」

よい選び方だとクニオは思った。仕事となれば編集者は嫌でも読まなければならない。

「洋書も読みますか」

「むかし、辞書を片手に何冊か読んだきりです、あなたたちと違って、頭の中で日本語に訳しながら読みますから疲れるし、そんな読み方をしていると英文がつまらなく見えてきて困ります、いつかあなたの訳でブロンテ姉妹を読んでみたいものです」

「その前にコスタだな」

クニオは二人に向けて言ったが、比重はアニーの側へかかっていたかもしれない。早く完成した原稿を手にして、最初に読む人間の喜びを味わいたい、そう思いつづけてきた歳月が彼にはあった。思いが過ぎて、ときに忘れもしたが、一緒に暮らす今は毎日がようす見であった。

夕暮れから、彼らはクニオが用意した鍋をつついた。それぞれに珍しい団欒で、キムチを使った韓国風の味付けも悪くなかった。湯気の立つ食卓に憩いながら、よく食べ、よく笑った。

「見た目ほど辛くないわね」

アニーが最もよく食べて、満開の笑みを振りまけば、

「上出来よ、とてもおいしいわ」

と真知子も言った。

「会社の後輩に鍋の作り方まで教わる歳になった、そろそろ主役交代かな」

クニオは冗談めかしながら、泉社に人生を懸けて、かつての彼のように仕事に打ち込むホギリを思い浮かべた。鍋は彼が育った貧しい家庭の味であった。

その夜、クニオはアニーと狭い部屋に休むことになり、枕を並べた。真知子もそれが自然だと考えたのだろう。いつもなら起きている時間に彼らは目を閉じたが、眠れるわけがない。するうち手が動くあたりは男と女であったが、享楽のかわりに考えることの多い歳になったせいか、それと未来を固めることはまた別であった。

与田が内縁の夫人と暮らす家は熱海の丘にあって、思いのほか古めかしい佇まいであった。あたりは空が広く、立派な庭を持つ家は手入れのよい松やツツジに囲まれてひっそりとしている。小さな屋根のついた門は新築したとみえて、コンクリート製の柱が今風であった。名字をふたつ並べた大理石の表札がやけに艶々しく、一文字の女の姓は「カリガネ」と読めた。しっかりした表札の感じから内縁の匂いは漂ってこなかった。

クニオは与田と女の関係やこの家のなりたちを、誰からともなく小耳に挟んで知っていた。事実かどうか、信じてもよさそうなのは離婚に失敗した与田が東京では戸籍上の妻と暮らしながら、熱海の生活を生き甲斐にしているということくらいであった。離婚の交渉に伴う困難や苦痛を彼は仕事で乗り越え、すでに財産を分与したとか、生活の保障は生涯つづくだろうとか、推量の域を出ない話も聞こえてくる。相手の女性は都会にも残る小さな旅館の娘と言われ、これはなんとなく与田らしい関わりに思われた。

インターフォンを鳴らすと、じきに清楚な感じの女性が現れて、夫人らしかった。

「お待ちしておりました、どうぞ」

クニオより若く見える女は丁寧に挨拶してから、庭木の枝の触れそうな小道を歩いて家に招じた。

「東京からお客さまが見えるのは久しぶりです、熱海といってもここはただの住宅地ですから静かなものです」

「立派なお宅です」

「庭木でごまかしています、古くて使い勝手の悪い家で、職人も嫌がりますが、少しずつ直しているところです」

「与田さんの趣味ですか」

「財布の趣味でしょうね、私もその中に入っているようです」

見た目の印象よりおもしろい人で、クニオは思わず吹き出しそうになった。そのとき奥から丹前を着た与田が出てきて、

「やあ、着いたか」

と言った。それもクニオには新鮮な眺めであった。古い日本家屋も丹前の男も浮世離れしていた。

「想像していた家と違って驚いたろう、買ったときから古くてね、人間とどっちが長く持つか根比べといったところだ」

「奥さまは新しいようです」

「ばかを言え、古女房だよ、なあ典子《のりこ》」

夫人はうつむいて笑うだけであった。

洋間だがガラス障子と濡れ縁の見える部屋に通されて、クニオはコートを脱いだ。夫人が預かってどこかへ持ってゆき、戻ると、お酒はなにがよろしいですかと訊ねた。

「焼酎のお湯割りはどうだ、あったまる」

与田が言い、クニオは手土産のドライフルーツを渡した。

「今どき濡れ縁のある家は珍しいですね」

「木に見えるが、合金でできている、ウッドデッキと呼ぶには狭いが、結構重宝している、夏はそこで氷水《こおりすい》を食べたりする、あれは冷えた部屋で食うもんじゃない」

与田は愉しげに話した。

板張りの部屋にはソファとテーブルのほかにたいした家具もなく、一方の壁際にテレビやオーディオが並べてあった。壁にはなにも掛かっていない。それで用が足りるらしかった。新聞も読みさしの本もないのが殺風景であったが、書架はどこかにあるのだろうと思った。

「会社の与田さんとは別世界ですね」

「ここは小難しいことを忘れる場所でね、気になる物は一切置かないことにしている」

「なかなかできないことです」

「最初はね、だが習慣にしてしまうと頭の方が従ってくれる」

「自分を馴らしてしまうわけですか」

与田の私生活は綺麗さっぱり整えられていて、クニオは興味深かった。長い歳月をかけて築いた彼流のスタイルなのだろう。この家と夫人が彼の人生の実りであるように思われた。

ドアで仕切られたダイニングから、夫人が酒肴を運んできた。

「お話がすむまで私は書斎にいますから、なにかありましたら呼んでくださいい」

心得た人で、与田がうなずくより早く下がってゆくと、クニオは表札の字面のようなすっきりした夫婦を感じた。夫人はなんどり美しい人だが、することはきびきびしていた。

「ところで会社はどうだい、小口はうまくやっているか」

酒を作りながら、与田が訊ねた。

「よくやっていると思います、社長が板についてきましたし、我々の仕事もこれまで通りですが、与田さんが抜けた分なにか足りない感じはします」

小さな会社の空気は人が作るので、重しの中心人物が消えると軽くなるのだった。出社して、その眼光も声もない一日に馴れるのにしばらくかかった。気を引き締める薬は仕事しかなく、森がおもしろい企画を打ち出したのをきっかけに空気が変わってきたところであった。それも与田がこっそり授けた策かもしれなかった。

「意外にホギリが頑張っています、白川さんを立てて、いい雰囲気です、反りの合わないふたりかと思っていましたが、いつのまにか仲よしになって仕事っぷりもいいです」

「ホギリは君と違って一か八かで採用した口だ、必死で学ばないようなら首にするつもりだったが、どうにかここまできた、白川くんもそろそろ定年だが、彼女には枯れるまで仕事をつづけてもらいたい、もっとも今のままでは女性としては不幸かもしれない」

「白川さんを幸せにできる男はそういないでしょう」

「そう決めつけたものでもない、あの手の女性はつまらない男にころっといかれてしまうことがある、彼女の生活力を頼るような男が適当かもしれない」

社員のそんなところまで見ていたのかとクニオは感心しながら、潔く引退した男の度量にも触れる気がした。いろいろあったであろう人生を整理して、縁のあった女と質素に暮らす今が彼の終着駅であった。背広を丹前に替えても与田は与田だが、今日の彼はいつよりも恬淡としている。相談とはどんなことだろうかと思った。

酒が入ると、雑談の途中から与田は調子を上げてゆき、熱海にも結構知識人が住んでいることや、数年前に旧知の大学教授が引っ越してきたことなどを話した。忙しい付き合いはしないが、そういう人たちが近くにいるというだけで豊かな気分になるという。そんな縁とも言えない縁の集まりが今の彼には快いらしい。クニオは聞きながら、よい連れ合いを得て、よい環境に暮らす男をうらやましく思い、ふと自身の生活を振り返ったが、そこで思い巡らすわけにもゆかなかった。ちょっと書斎を覗いてみないか、と与田が誘ったのはいくらか酔ってきたころであった。

「ちっぽけな書斎だが、見てほしいものがある、なんとかの手習いというやつだ」

彼は遠慮たらしく言った。

促されて立ってゆくと、裏庭の端近《はしぢか》にドアのない書斎がふたつ並んでいて、一方が夫人のそれであった。気配に気づいた夫人が顔を向けたが、なにも言わずにリビングを見にゆくあたりは夫婦の呼吸であろう。

書斎は本当に狭く、作業台のような机が片側を占め、背後の壁には作り付けらしい書架が天井から床まで塞いでいた。机の下にも本が積み重なっている。さして陽の入らない窓の向こうは樹陰で、長く社長を務めた男の書斎は穴蔵を思わせた。

「今はここが私の全世界でね、一日のほとんどをここで過ごしている」

「仕事をされているのですか」

「というか、余生の処理場だな」

余分な椅子もないので、彼らは立ったまま話した。上背のあるクニオの頭部は窓の高さを超えそうであった。目は自然に書架に向けられていた。学生が読まされそうな堅い本もあれば小説もある。クニオの目を引いたのは端の一列で、上から下まで剝き出しの白紙で埋まっている。優に一万枚を超える量であったから、なにかの資料のコピーだろうかと思った。

「評論の原稿だよ、結構あるだろう」

出し抜けにさらりと告げた与田の言葉は衝撃であった。会社の仕事とは別の次元でつづけてきた労力はもちろん、費やした歳月を思うと、意志の強さを見ないわけにゆかなかった。白紙の一枚一枚に文学を見つめた文章が綴られているとなると、気の遠くなるような作業であった。

「東京からここへくると、頭を切り替えてこつこつと書いてきた、当初はこれほど溜まるとは思わなかった」

「すさまじい努力ですね」

「いや、酒飲みが空き瓶を溜めてゆくようなものだったな、愉しんだし、意外な発見もあった、なんであれ書き出すってことは漠とした自分を整理することになる、評論という酒を味わいながら、俺はこんな人間だったかと思ったね」

そう言って笑う男が、クニオには不屈の人に見えてきた。

「実は典子が速記をやる、私がパソコンをいじるより速いから、ときどきメモを取ってもらった、庭先でぼんやりしているときに閃いたりしてね、そんなものも混じっている」

与田は原稿のてっぺんを見上げて、積み上げた日々を思い巡らす表情であった。その一部は夫婦の仕事ということになるのかもしれない。夫人は自身の書斎でも与田の手伝いをするのだろう。生活とは別の目標を持って暮らすふたりに、クニオは自身の正解を見ているような心地であった。ぼうっとしていると、与田が今日の核心に触れてきた。

「そろそろ整理して終章にとりかかるつもりだが、下から積み上げてきたから、ひっくり返すだけでも大変だ、取捨して、推敲してとなると一年ではすまないだろう、削り尽くしても本は二冊になると思う、どんな造作であれ泉社から出すつもりだ、もう私が決めることではないが、できれば君に担当してもらいたい」

そう一気に告げる人はすでに評論家の風貌であった。むろんクニオは快諾したが、よい仕事を予感する一方で、原稿は自分が書くべきだったと悔やんだ。晩年の三浦が日に五行、十行と書きすすめたように、人生を全うする人は老いても次の階段をのぼるのであった。

リビングへ戻ると、整えられたテーブルに新しいグラスと酒肴が待っていた。ダイニングに夫人の気配がする。

「君も一杯やらないか」

与田が声をかけると、夫人は自分のグラスを手に現れて彼のとなりに座った。並ぶと父娘にも見えるふたりであった。与田が社長業の傍ら、評論に没入したなりゆきを話した。

「戦後の、というか自分が生きた時代の文学を総括するつもりではじめたが、結果は評価に恵まれなかった作品を拾い歩く旅になった、読み返してみると、今の小説より語彙が豊富でなかなかいい、手許にない本は懇意の古書店に探してもらったが、大切に読んだであろうかつての持主のことまで考えた、どれも意外にきれいでね」

「落丁を探しまわった本もありましたね」

とそばから夫人が言った。

「あれは製本のミスだろうな、むかしの本にはよくあった、私なんかは当たるとうれしくなった、落丁の部分を想像して読んでから取り替えてもらうと、まったく違っていたりする、そこで作家の思惟にゆきあたる」

「与田さんらしい読書ですね」

「貧乏性の人間がすることだ、人には勧められない」

冗談にすり替える男に三浦のアフォリズムを思い合わせて、クニオは見ていた。

「奥さまは速記をなさるそうですね」

「はい、新聞記者になりたかったものですから習いました、でも頭が悪くてなれませんでしたね、フリーのルポライターを夢見たこともありますが、そのうちこの人に騙されて」

「おいおい、人聞きの悪いことを言うなよ」

「あなたの記憶にも都合のいい落丁がありますからね、第三者に記憶してもらうのが一番です」

ウィットのさわやかな、しかし曲折もあったらしい夫婦には、年とともに一歩ずつ熟してゆく男と女の味わいがあった。今も見据える目標があって、社会的な地位を離れても生き甲斐には困らない。引き返せないところまできた人間のあきらめも、どこかにあるはずであった。けれどもクニオが思うに、なんら悔いることなく終わる男と女もいないのであった。ときに罪のない皮肉が出るのはそのためであろう。そこにすら睦みがあった。

「まあ我々の世代は苦労しながらも自由にやってきた方だろう、恋愛も盛んだったし、その先に地獄が待っていることもあったが、たいていの人間はなんとかするものだ」

「なんとかなったという結果の裏には女性の努力がありますのよ、だいたい男の夢のために女が苦労する構図がおかしいでしょう」

夫人は負けずに言った。

「そう言うが、つまらない男に連れ添う一生こそ、つまらないと思うね」

客に普段を見せながら、ふたりは互いを確かめているようであった。日々の雑用の煩わしさも、なにがしかの悔いも、選んだ人生に付いてまわるものであろう。あれこれ言い合い、牽制もしながら、暢気たらしい生活に埋没しないところに、この夫婦ならではの弾力と調和があった。

彼らの日常に触れるうちにクニオは市ヶ谷の生活に欠けているものがくっきりと見えてくる気がした。帰ってアニーと話すことがたくさんできたような気もした。意識とは別に流れてゆくだけの人生を修正しなければならない、彼もそういう歳であった。

夫人がお湯を足しにダイニングへ立ってゆくと、与田が苦笑をもらしながら、

「まあ、自適と言ってもこんなものだ」

そう言った。

「あいつも帰るところがないから我慢しているのかもしれない、だが、どん詰まりとも違う、落ち着くところへ落ち着いてみると、世間が小さくなるが、傍目八目《おかめはちもく》を愉しめるようにもなる」

どこか評論家としての姿勢にも通じるような言葉がつづいた。与田はそうして夫人を道連れにして、新しい道をゆけるところまでゆくつもりらしかった。夫人は夫人で自身の喜びを見つけてゆくのだろう。クニオはいつになくアニーが気になり、ふと留守番のマンションの冷たさを思ったりした。

目の端に庭先が見えて、小鳥が遊びにきている。セキレイのような鳥で、やはり夫婦らしいのがこの家の景色に合っていた。かつてジョンと真知子が夢見た暮らしを思い合わせていると、戻ってきた夫人が今日は思い切り飲みませんか、と明るく言った。他人という刺激を愉しみたい気持ちが分からないではないが、クニオは笑んではぐらかしながら、帰るときを計りはじめた。与田の頼もしい企てを知ったこと、男と女が作るよき晩年のありようを見たこと、それだけでも十分な収穫であったし、その恵みの熱いうちにアニーに語りかけたくなっていた。

人のいない朝の出版社は気味が悪いほど静かで、忙事の余韻すら感じられないが、天井から流れてくる微かな旋律に気づくのもそんなときであった。数えるほどであれ人がいて、電話が鳴り、些細な物音の絶えない日中は聞こえてこない。片づけのために早く出社したクニオは、ひとりきりの空間に却ってぼんやりしてしまい、段ボールの箱はなかなか埋まらなかった。机の引き出しの奥から古い手帳や、長い間目にすることのなかったメモや写真が出てくると、つい眺めて懐かしく振り返ったりした。数本あれば足りる筆記用具もごろごろあって、ホテルの名入りのペンなどは良き日の思い出に失敬してきたものであった。文学から文学へ、本から本へ吹き渡った歳月の風は頑丈な若さを遠いむかしのことにしてしまったが、溜まったものの中に折々の残影を宿しているのだった。

本という形で目視できる業績は、編集者自身の得失の記録でもあろう。クニオは自宅に自分が作った本を並べているが、その一冊一冊に様々な思いが染み込んでいる。人に言えない苦労や後悔もあれば充足や自負もあって、一様の感懐にはならない。

アニー・モーガン訳の〝ファーマー〟が完成して出版に漕ぎつけたのは、その春のことであった。二十余年をかけた翻訳は完璧と言ってよく、クニオの仕事は伴走というより読むことで終わった。訳文は精妙を極め、原作より優れていたから、校閲者も文句のつけようがなかった。しかも後書きまで美しい。

「すばらしい仕事をしたね、これはもう日本語の文学と言っていい」

「待ってくれてありがとう」

そんな仕事は編集者の人生に一度あれば上出来であったから、クニオは本もことさら丁寧に作った。美しい文章を美しいカバーで包むと、なににも勝る芸術品になって、心を癒やしてくれる。力を尽くしたアニーは終わったことに茫然として、しばらくは家の掃除ばかりしていた。

前年に与田の長い長い評論をどうにか出版し、短編集も編んでいたクニオは歳のせいか疲れて、〝ファーマー〟を終えると充足の裏でやはり脱力した。体のどこがつらいというのでもなく怠《だる》くなり、億劫《おっくう》が先に立ってだらしなく過ごした。そんな体たらくはこれまでにないことであったし、そのうち治るだろうと思った。ところがある日、食事中に嘔吐して血を見たのだった。突然の異変であったが、うろたえるどころかぼんやりしていた彼は病院へゆかなかった。過労の産物だろうくらいにしか思わなかった。

実際、次の日には吐血もなく、なんとか食べられたし、痛みもなかった。ようす見を決め込んでのんびりしていると、病魔も去ってゆく気がした。が、しばらくしてまた同じことが起こった。

「二度の吐血は正常とは言えないわ、この際全身を診てもらったら」

アニーは精密検査を勧めた。しかしそれも面倒なことに思われた。命の危険を予感していながら、検査入院の手間暇が彼には死の不安よりも苦痛であった。忙しく文学と切り結ぶうちに人と異なる死生観が芽生えたとみえて、異変にあわてない人間になっていた。死はいずれくるものであった。

数年前に三浦夫人が逝き、つづくように真知子が質素な人生を終えると、そのあれこれ抱えたうえでの安らぎを見たせいか、自分も自然の流れに任せて終わろうという気持ちが急速に強くなっていた。夫人も真知子も最期まで淡々としていて、なにを思っていたのか真知子などは死の数分前ににやりとしたほどであった。医師は夢うつつの状態でなにも考えられないはずだと言ったが、素直に死を受け入れることが穏やかな終末につながることを見せてくれたような最期であった。

いま彼にはアニーのほかに恃《たの》める人もいないが、なにを恃むかと言えば日々の用足しであり、終点までの伴走であった。かわりに生活を支えてつまらない苦労をさせないことが彼の気持ちであった。そうして番鳥《つがいどり》のように夫婦らしくなってゆく月日を、ようやく愉しめるようになっていた。彼女が病院を探して勝手に検査の予約をしたのは、クニオが動かないからであった。

「お願いだから、行って」

「分かった、君のためにゆくよ、だが検査を終えたら、どうするかは自分で決める」

アニーが予約したのは馬鹿高い診療代をとられそうな大学病院で、都会にしては立地のよい静かな環境にあった。若いくせに権威の塊のような医師が担当し、お見通しのようなことを言い、問診は五分とかからなかったが、果して検査には幾日も要した。結果は食道から噴門《ふんもん》にかけての末期癌で、

「手術も放射線もできませんので、化学療法になります」

と言われた。このまま放置すれば余命はよくて半年、抗癌剤が効けば驚異的に延びる可能性もあるという。すぐ入院の手続きをするよう医師に勧められたが、クニオはその前に考えたいことがあるのでと断って病院を出てきた。その時点で入院するつもりは毛頭なかった。治療地獄で希薄な日々を送るくらいなら、痛みを抑えて自然に終わる方がましだと考えた。少なくともあと数ヶ月はなにかを考えながら生きられるとも思った。

「あなたがそう決めたのなら」

アニーはそう言いながらも、入院してほしいという顔であった。なんの治療もしないという選択は医療過多の国では不自然だし、万に一つの可能性にかけてみるのも生きることだからであろう。だが、生まれ持った寿命として諦観することも動物の本能的な処し方ではなかったろうか。

その晩、彼らは残る時間の使い方について話し合った。

「父の一生と比べたら、編集者の三十年は悪くない、まだ人生を振り返るくらいの時間もある」

「怖くないの」

「怖いよ、だがそれより、いろいろあきらめなければならないことが残念だ、いずれ小説か評論を書きたいと思っていたから」

「書きなさいよ、手伝うわ」

「無理だな、焦って書いてもろくなものにならない、分かるだろう」

「冒頭だけ書いてくれたら、つづきは私がなんとかするわ、下手でも書けないことはないと思う、三十枚の短編はどう」

アニーは珍しく思いつめた顔で勧めた。ただ言葉を連ねるだけなら三十枚は苦しい量ではないが、佳いものとなると没入しなければならない。今のクニオにはそれもできそうになかった。冒頭だけというアイディアは魅力的であった。しかし、なにをどう書くというのだろう。彼自身が執筆の困難を最もよく知る人間であった。

「君の文章力は認める、たぶん書けるだろう、だが肝心の内容はどうする」

「ニッケルを書きましょう、あれなら私にもストーリーが見えるから」

「どうして知ってる」

「真知子さんに聞いたの、戦闘機の前で撮ったジョンの写真があるでしょう、その後どうして亡くなったのか気になるじゃない」

「名案だが、どう考えても三十枚では書き尽くせない」

「だったら三百枚にしましょう、つづきは私に任せて、必ず完成させるから」

クニオはためらったが、よい夢と可能性を感じた。じきにすばらしい女性と話していることに気づくと、ほかの人では望めないことであったから、しみじみ自分の運のよさを思った。小説の完成を見届けることはできないとしても、期待と喜びとなにがしかの充足を抱いて死ねる気がした。そんな幸福な死といつか完成する小説のことを思うと、思わず頰がゆるんだ。

「君はすばらしい人だね、頭が下がる」

「今ごろ分かったの」

「後手をひく質でね、ふやけたカップヌードルの気分だが、悪くない」

「ねえ、ひと月でもいいから、空気のいい鴨川で過ごしましょう、ここは仕事の匂いがするし、どうしたって思いつめることになりそうだから」

「それもいいさ、そのうちなにも考えられなくなるだろう、その前に小説の冒頭部分を練りたい」

クニオが小口に一切を打ち明け、退職願を出したのはそれからまもない日のことであっ

た。名ばかりの応接室で向き合うと、

「そうか」

小口は呟いたきり、しばらく言葉をなくした。

「お互い、できることをしよう、なんでも言ってくれ」

どうにかそう言った。

社員には諸々の手続きを終えてから小口が伝え、それを送別の辞にした。しいんと静まり返った空気の中でクニオは感謝の言葉を述べたが、なにを言ったのか覚えていない。同僚の仕事の邪魔になるのが嫌で、その日は早々に退散した。病気が病気なので送別会はなく、仕事の引き継ぎを終えると、あとは消え去るばかりであった。私物を片づけるのは人目のないときがよかった。

生涯の大半を過ごした会社は当然の居場所のようで、手垢の染みた机を見れば別れを惜しまずにいられなかった。机の端に最後の仕事となった〝ファーマー〟の見本がまだ居座っている。本は自宅にもあるが、そうして見ると人生の結晶に思われた。どの本よりも完成度が高く、美しいことが誇りでありなぐさめであった。

人の気配がして入口の方を見ると、白川千鶴が黙って立っていた。

「やっぱりなあ、こんなことだろうと思った、淋しい真似をするなよ」

目が合うと、そう言いながら歩み寄ってきた女は、若いころと変わらぬ男っぽさと思いやりの持主であった。定年を迎えて、今は契約社員の彼女が朝早く出社する理由はほかに考えられなかった。いきなりクニオの胸ぐらを摑んで、まったく気が利かねえんだから、と怒ったように言った。

「すいません」

「こんなでかい箱に詰めたら、重くて持てやしねえだろうが、やってやるから見てな」

彼女は言い、本当にそうしていった。クニオはまだそれくらいの力はあったので、白川のすることを差し出がましく思いながらも止められずに見ていた。口とは別に、なんの得にもならないことをしている女が愛おしく見えて仕方がなかった。

「このゲラはどうする」

「家に控えがあるので要りません」

「この骨董級の物差しは」

「入れてください」

それはもう必要のないものであったが、竹の優しい感触まで捨てる気にはなれなかった。白川の問いかけに答える形で、瞬時の選別が要不要を区分けしてゆく。終わると彼女はガムテープで封をして、タクシーを呼ぶ前にクニオを見上げた。

「なあクニオ、過剰に悲観するなよ」

「そのつもりでいます」

「ハグ、できるか」

「はい、喜んで」

「三十年前に思い切りやっておくんだった」

クニオの胸の中で、彼女はそう言った。やがて外のタクシーまで段ボール箱を抱えてきた女は、別れしなにも抱きついてきたが、もうなんのためらいもない自然な抱擁になっていた。ちょうどクニオの患部のあたりに頬をつけて、なにかを祈るようでもあった。それが白川千鶴との最後の時間になった。

その日から彼は市ヶ谷の家も片づけはじめて、アニーに残せるものを整えていった。日に日に体は弱っていったが、幸い苦しい痛みはなく、流動食なら愉しく食べることもできた。アニーが作るハヤシシチューにパンを浸して食べたり、スープのかわりにビールを飲むこともあった。夜は小説の構成を考え、執拗に冒頭の一文を探した。

ある晩、与田が見舞いの電話をくれて、持病の話になった。

「実は私も癌らしい、遠からずあの世で会うことになりそうだな」

常の調子で、彼は明るく言った。

「らしい、というのはどういうことです」

「初診で余命を宣告されてね、腹が立ったから検査も治療もやめてしまった、医者の肩に意地をみせてもはじまらないが、結果はよかったような気がする」

「声は元気そうです」

「今のところ元気だよ、血便も馴れてしまうと、ああまたかって感じでね、貧血にもならない、そっちはどうだね」

「まあまあです、まだビールも飲めますし」

クニオは病を得ても変わらない男にほっとして、暢気たらしく言った。

「そりゃあいい、この期《ご》に及んで節制するほどしみったれじゃなかったか」

「与田さんの教え子ですから」

「そこは不運だ、君はもっと大きなことのできる人間なのに泉社で潰してしまったようなところがある、十年前に引導を渡していたらと今でも悔やむ」

「与田さんらしくもない」

「それを言うなら、凡人の凡人らしいところと言ってほしいね、もう人生の先輩もへちまもないのだから」

与田があえて自身を下げているのを感じながら、クニオはその気持ちをありがたく思った。病魔はいつ誰に寄ってくるか知れない魔物であったが、同時期に与田に取りついたことに奇妙な安堵を覚えてもいた。人間は勝手で、自分と似たような不幸にある人を歓迎するらしかった。相手に同情しながら、自身にその上の幸運を期待し、苦悩を美化したりする。しかしジョンという前例を知っていながら、死を尊いものとして受け入れてゆく作業は欺瞞《ぎまん》じみたことでもあった。

「まあ、そのときがくるまで精々《せいぜい》人生を愉しもう、私の結論はそんなところだ」

「同感です」

電話のあと、クニオは小説の構成に「ジョンの最も幸福な時間」という言葉を書き足した。ページの隅に、そういう話をアニーにしておくことも記した。

アニーは急ぐ仕事を断り、クニオのために尽くそうとしていた。小口が退職金を弾んでくれたお蔭で、当座の生活には困らない。恃むほどのものではないが〝ファーマー〟の印税もある。ふたりの時間を考え、残る日を繰るのは仕方のないことであった。

食事やお茶の度に、クニオはジョンにまつわる思い出を話した。

「彼は鮨が大好物でね、にぎり鮨なら二人前は食べたが、母の作るちらし鮨が一番じゃなかったかな、鮨飯に具を混ぜて錦糸卵を散らしたやつだよ、こんなにきれいで美味いものはないと言ってスプーンで食べていた」

「あなたと真知子さんは」

「もちろん箸を使ったよ、ジョンも上手だったが、一気に食べたかったんだろう、充たされると本当に幸せそうな顔をして、次はいつって訊く、縁起もよかったのだろう、ニッケルでベトナムへ向かう前日によく母にねだった、子供のように甘えながら、明日で終わりかという思いは常にあっただろう、だが妻子の前で恐怖を口にしたことはなかった」

「軍人ですもの」

「そう思うだろう、だがやっぱり怖かったに違いない、なんとか無事に帰ってくると、冗談を言いながら、まばたきをしなかった、母が抱きついて地上へ引き戻していたような気がする」

そのあとに団欒の時が訪れて、一家は意識して笑うのだった。そのうち本当の笑いに変わることを誰もが知っていた。束の間、ミサイルの記憶が薄れ、酒でさらに消してゆくうち、ジョンは普段を取り戻すらしかった。

「ちらし鮨の残りはあるかな」

「きのう全部食べちゃったじゃない」

「もっとたくさん作ったら」

「あればあるだけ食べてしまうでしょうね」

そんなふたりを見ていると、クニオは戦争など無駄ではないかと思ったりした。ちらし鮨のかわりに真知子がそぼろを塗《まぶ》したおにぎりを作ってくると、ジョンはそれもよく食べて、真知子と結婚してよかったと言うのが口癖であった。

「ちらし鮨と結婚していたら、もっと幸せだったかもね」

「君が作るちらし鮨が好きなんだよ、ほかのはだめだ、見た目も味も違う」

「どこで食べたの、浮気をしたのね」

「まさか、ジムの家でご馳走になったことがあるだけさ、奥さんが作るんだが、べとべとして美味《おい》しくない、ちらし鮨は君のに限る」

本当かどうか、ジョンはそんなことを言って真知子を持ち上げるのが好きであった。子供の目にも恥ずかしいほどの愛妻家で、帰宅して真知子の姿が見えないと基地中を探しまわったりした。クニオがいなくてもそんなことはしなかったから、妻と子のどちらをより愛していたかは知れたことであった。

「そんなに愛されて、真知子さんは幸せね」

「それ以上にジョンが幸せだったと思う、軍人だったことは不幸だが、軍人でなければ真知子と出会うこともなかった、そこが幸不幸の絡み合いといったところだ、もし思い切って除隊していたら、生活のために苦労しても別の喜びがあったと思う」

述懐は一時間にも及ぶことがあったが、クニオはアニーとよい時を過ごしていることに充たされた。話すことで溢れ出てくる記憶の中には、そこはかとなく香るような真実もあった。そのうち意図して封じ込めた記憶も顔を見せるかもしれないと予感した。

食べやすい果物がテーブルに載るようになって、クニオは桃やメロンが好物になっていった。ヨーグルトと食べるバナナのスライスも好きになった。それらはどれもアニーがスーパーで買ってくるものであったが、美しく盛るので食欲をそそった。食べ残しはアニーが片づけて、よく食べましたと言う。なにかが喉を通るうちは生きられる、とクニオは思った。先には餓死か発作が待っているに違いなかったが、不自然に命を長らえる点滴に縋《すが》る気にはなれなかった。

「そういえばジョンはよくピーナツバターを嘗めていたな、肥るから、と母がたしなめてもやめなかった、食べたくても食べられなかったころの恨みがあったらしい」

「私の母はよく鱈子《たらこ》を買ってきたわ、それも桶ごと、彼女にとっては貧乏と決別した証だったのかしら」

「なんでもいいさ、美味しく食べられるってことは幸せなんだ、もしかしたら、ちらし鮨は夫婦の符丁だったかもしれないなあ」

「素敵ねえ」

アニーの反応は羨望と悲哀の入り交じるものであった。幸福を求めて右往左往するのも人間なら、幸福の直中《ただなか》にいながら命を絶つのも人間であった。

「曖昧な死はいけない、今さら死んだ人間を責めてもはじまらないが、自死はさらにいけないね、母が一番の被害者だろう、生きるか死ぬかの最中には生きようとした男が、命を懸ける必要もないときにあっさり死を選んでしまった、愛妻がそばにいたというのに人は分からない」

「そこを書かなくてはねえ」

アニーは言った。

彼女がある決断を告白したのは、クニオが退職してからひと月ほどが過ぎたころであった。ソファで仮寝《うたたね》をしていた彼に膝掛けを持ってきた彼女が、

「私ね、この際、思い切って小説家になろうと思うの」

そう囁くのが聞こえた。

「それくらいの覚悟がないと佳いものは書けないでしょうし、やってみたいという気持ちが強くなってきたから」

「本気か」

クニオは雷に打たれたように目覚めた。

「だめかしら」

「だめなものか、すばらしいよ」

そう言いながら、心のうちでは前途のある彼女を羨ましく思った。翻訳家としての実績を捨てる転身は大きな賭けであったが、アニーなら成功するという確信があった。作家に負けない文章家であることは〝ファーマー〟で実証済みであったし、なによりその気骨が頼もしかった。真知子といい、運命の波に流されてしまいそうな雰囲気を纏いながら、女はやるものだと思った。せめて編集者として伴走できたらと思うものの、それもクニオには叶わぬことであった。

「デビュー作はあなたとの共著ということになるわね、泉社で出してくれるかしら」

「問題ない、担当は白川さんがいい、手紙を書いておくよ」

「ふたりでタイトルを考えましょう」

「それならもう決まっている、手前勝手な思い入れだが〝神はいない〟それでいい」

彼女はクニオの顔に目を据えて、本当にそれでいいのかと訊ねた。小説はそこへ向かって書きすすめることになるからであった。

クニオは思うまいとしても、ジョンが自殺した夜の光景を近くに見ずにいられなかった。死は死だが、口で伝えるには感情の騒ぎが邪魔なので、アニーには文章で残すことにしていた。どう描写するにしろ、彼女も苦しむはずであったから、作家の冷徹な視線で見つめてほしかった。美しい文章で事実に色づけをするついでにアニー・バンプルーセンを名乗ってくれたらと願った。

「鴨川へゆきましょう」

とアニーは新鮮な空間で小説のことだけを考えることをすすめた。いったん東京を離れて、違う息をして、海でも眺めたら、体にもよかろうという考えであった。クニオも気持ちが動いていたが、三浦夫人が丁寧に使い込んだ家で心から落ち着けるかどうか分からなかった。長く空き家状態がつづいて、ほこりだらけであろう家に不便を覚えていたこともある。それでいて自分の最後にふさわしい場所だとも思うのであった。

逡巡しているとまた誘われて、受身になりながらも行けば前だけを見ていられるのではないかと思うようになっていった。過ぎた歳月を執拗に振り返るのは死が近いせいであったが、そのあてどない余暇にもなにがしかの未来があると思いたくてならなかった。

そろそろ食事という時間であったが、夕暮れにクニオはコーヒーを淹れて、アニーの書斎へ運んでいった。思った通り、机に突っ伏したままの姿で休んでいる。髪がもつれ、心なしか肩で息をしているのに彼は胸を衝かれた。自分のせいだと思った。視覚的な食欲はあるものの、気持ちほど食べられない日がつづいてアニーを困らせていたので、沈みがちな日常をなんとか変えなければならなかった。といって体が良くなる見込みはない。鴨川へ行っても彼女の苦労はさして変わらないはずだが、たしかに空気はよいと思い、行こうという自然な決意になった。

アニーに話すと、早速支度をはじめて、彼女が先発することになった。電気や水道の復活、家の掃除、必需品の買い出し、近所への挨拶、まともな医師と痛み止めの調達、とすることはたくさんあった。却って忙しくなるのではないかとクニオは案じたが、

「大丈夫、ガールスカウトの気分よ、原始的な生活は得意なの」

そう言って張り切った。

「そこまで田舎じゃないよ、ホテルもあるし大病院もある」

「でも我が家は山ん中でしょう」

「まあね、月が馬鹿でかく見える」

クニオも新生活の夢を愉しみはじめた。しかし一度東京を離れたら、もう戻れないだろうとも思った。都会に未練があるわけではなく、一方通行の旅を意識することに淋しさを覚えた。留守宅の準備に二、三日かけてから、アニーはポンコツ車を駆って鴨川へ向かった。てきぱきと行動して、気変わりの隙を与えない、彼女流の速攻であった。

クニオはなんとか列車でゆくつもりでいたが、急の転地を知らせるために会社に電話をすると、応対したホギリが送迎役を買って出てくれて、数日後には彼の車でアニーを追いかけた。東京の街はそのときが見納めであったが、やがて車が外房へ出ると、一足早い夏に迎えられて彼らは窓を開け放った。

「すまないな、君の一日を潰してしまった」

「水臭いことを言わないでください、クニオさんと初めて鴨川へ向かった日のことを思い出します、クニオさんは今の私よりずっと若かったのに大人に見えていました」

「君が子供だったのさ、そういえば君の子はいくつになる」

「来年、高校です」

「そうか、もうそういう歳か」

「誰に似たのか、ギターに夢中でして、休日になると小遣いをせがまれます、憧れのギターのある楽器店へ私を連れ出して、買ってもらえないとなると一時間でも二時間でも眺めていいます、つきあわされる方は疲れて楽譜やピックを買ってやるわけです、進学したらまたせがまれるでしょうね、親も大変ですよ」

ホギリは自嘲したが、息子と連れ立ってどこかへゆくという情景はクニオには無縁であったから、人生のひとつの失敗に思えた。娘でもいい、もし子供がいたら、自分という個体のエキスを引き継いでくれる分だけ死が軽くなるような気がした。ジョンにもそんな気持ちがあったかどうか、答えを出せるとしたらアニーしかいない。

車は国道を南下して、ときおり窓外に海原を広げながら鴨川へ近づいていった。海にはもうサーファーが出ていて、小さな波と戯れている。この時期、この時間に遊んでいられる人間はそういないはずだが、次の湾にもその次の湾にも人影が見えて、足してゆくと結構な数であった。平日が休みの人種かと思い至ると、波に遊ぶ人影は生きることに忙しい連中にも見えてくるのだった。

日本文学に淫して若さを仕事に浪費したクニオは、遊びといえば酒と女性であった。女性を遊び相手に見たことはないが、結果として遊んだことになるケースがいくつか思い出される。江坂ユリもそのひとりで、どちらがどちらを嫌ったというのでもなく終わった仲であった。未来を値踏みしたのはユリの方かもしれず、騒ぎ立てずに終えたところが彼女らしいとも言えた。その肉体を思い出すときのクニオの感覚は恋でも遊びでもなく、美しいものに触れられた満足感のようなものであった。女性にもそういう感覚があるのかどうか、当時も今も分からない。快楽の喜びも恐らく等しいとは言えない。男と女はふっと相手を求めてはじまり、わずかに歯車が合わなければ終わるのであった。今も大手出版社に勤める彼女にクニオは近況を伝えていないが、知ればなにがしかの悔いが生まれるに違いないとは思う。だが、それを縁と言えるかどうかは怪しいだろう。

彼はユリを憎んだことはなく、彼女に憎まれた記憶もない。ある夜、肌を合わせて充たされ、それぞれの棲息域へ別れてゆくのを不自然だと思ったこともない。男の未熟さはそうした思い込みのもとに許された。もしユリが白川のように胸ぐらを摑んで、少しは考えてよとでも言っていたら、事態は変わっていただろう。もし自分が帰ってゆくユリを引きとめて、君が帰るのはそっちじゃないと言っていたら、彼女も考えたであろう。だが、それはなかった。

アニーと暮らす今は奇妙に強い縁の産物のようなものであり、じわじわと愛情も濃くなった。運がよいのは自分だと感じる。けれども平穏は楽園にでも籠らない限りつづかないのだった。

鴨川の砂浜が見えてくると、別荘はもう目と鼻の先であった。海は穏やかで明るい。懐かしい坂道を車は疾走し、じきに別荘の前にとまった。

「早かったわね、大丈夫なの」

車を降りるより早く家から飛び出してきたアニーが抱きつき、見ていたホギリに礼を言った。泉社の仕事の縁で彼らも旧知の仲であったが、クニオを挟んで言葉を交わすのは初めてのことだったかもしれない。

別荘はクニオの印象より庭木が伸びて、陽当たりが悪くなっていた。木の間《こま》の海も見えない。剪《き》らないとだめだな、とクニオはすぐに思った。短い挨拶が交わされ、家に入ると中は思ったより整っていた。

「必要なものはだいたい揃ったわ、目がまわるほど忙しかった」

「とても凡庸な表現だね、小説では使わないでほしい」

クニオは早速からかった。口を使わなければ元気なところを見せるのがむずかしくなっていた。アニーは一安心しながら、ホギリのためにお茶を淹れ、これ奥さまに、と用意していた干物の包みを渡した。東京でも買えるような代物だが、魚は肉厚で、海苔は潮の香が強かった。

「今夜はこれで一杯やりますよ、〝ファーマー〟の訳者から頂戴したと言ったら、家内がどんな顔をするか」

ホギリは世辞がうまくなって、居住まいからも中年の男らしい分別が匂った。

小一時間ほど休んで彼が帰ってゆくと、クニオはソファに横になった。ベッドを嫌うのは、間違って永遠に寝てしまいそうな気がするからであった。

夕方、彼は風呂に入り、わずかな食事を摂ると、かつての三浦の書斎で執筆の準備をした。これから毎日、少しばかりの剪定と、やはり少しばかりの執筆を繰り返すつもりであった。どこまで体が持つか知れないが、やれるところまでやってみるしかなかった。

万年筆のインクを取り替えていると、片づけを終えたアニーが入ってきて、今日はもう休んだら、と言った。

「ああ、そうするよ、ちょっと三浦先生に書斎を借りる挨拶をしておこうと思ってね」

「きっと佳いものが書けるわ」

「そう願いたいね、君も早く休みなさい」

次の日は朝からよく晴れて気分もよかったので、庭へ出て清々しい空気を愉しみ、それから海側の庭木の剪定をはじめた。道具は裏の物置にしっかりあった。アニーのために剪ってておかなければという気持ちが先に立っていたが、彼女はやはり案じて引き止めにかかった。

「いきなり無理をしないで、人を頼めばすむのだから」

「小枝を減らすだけだ、まだそれくらいのことはできる、体と相談しながらやるから心配しなくていい、そのうち海が見えるようになるよ」

手強く繁茂した自然と闘いながら、彼は命の希薄さとも闘った。手の届くところの枝は結構太く、どうしても脚立を使わなければならなかった。二段目までは上がれる。だが膝が心許なかった。粗食の栄養はそこまで行き渡らないとみえて、踏ん張りがきかない。少し剪っては休み、また挑むうちに体力が尽きて終えることになる。剪定した枝の量は子供の作業並みであった。それでも、まだ汗を掻けることに充たされもした。

午後には書斎に籠り、文章を綴る日がつづいた。書くのは小説の冒頭部分だけであるのに、幾度書き直してもほしいものにならなかった。書き出しの一語すら気に入らなかったが、ふさわしい言葉が出てこない。三浦の本を眺めて、理想の文章を探したりもした。彼の文章は小難しい言葉を使わず、さらりと描写し、さらりと意中を表現してみせるものであった。曲芸に思えた。新人の作家に偉そうなことを言っていた自分に羞恥を覚えた。理論と実際に書くことはまったく別のことだと思い知る破目になった。

毅然として気品のある文章が彼の理想であったが、しっかりと立つ文章はどこか高慢になり、美しい文章はどこか弱くなるのが常であった。アニーはどうして書けるのかと考え、それが才能というものかと思った。彼女の文章は三浦のそれに勝るとも劣らないものであったから、彼は書きかけの原稿を見せることはしなかった。見せられる水準ではないことを自覚していたから、感想は聞きたくなかったし、故意に誉められるのはさらに嫌であった。

アニーは彼が庭に出れば心配し、書斎の物音が絶えれば死んでいるのではないかと案じた。むろん口にはしないが、忍び足で覗きにくる気配でクニオには分かった。

「コーヒーを淹れましょうか」

「ホットミルクはどう」

「なにか手伝うことはある」

かける言葉がなくなると、自分が庭へ出て枝打ちをしたりした。鴨川へきてから好天がつづいて、雨は少しも降らなかった。夜には星がよく見え、大きな流れ星を見ることもあった。海には気の早い若者が繰り出しはじめているという。

ある日、アニーに誘われてクニオは浜辺に立った。買物のついでにどう、という誘い方であったが、歩けるうちに海を見せたかったらしい。東京の海には望めない明るさで、マリーナには若い男女が闊歩していた。

砂浜に腰を下ろして沖を眺めていると、病を忘れる瞬間が訪れた。それほど海も空も青かった。アニーが差し出す日傘を断り、クニオは最後のつもりで見入った。美しく光る海に深遠なものを見るのは人類の遺伝かもしれない。しばらくして車へ戻るとき、彼は未練たらしく振り返って自身の残像を見た。その情景を冒頭の一行にしてみると、ようやく文章が流れはじめたのであった。

一日は同じ作業の繰り返しであったが、執筆は次の一日を生きて迎えるための執念になっていった。書かずに終わることは敗北であった。やり直す時間のないことが焦りにもなったが、日に一行でもものにできれば自信に変わる。同じことで厄介な庭木もひらけてゆく。脚立から落ちることがあっても骨折はしなかったので、まだそれくらいの運も気力もあると思った。敵は弱気から睡魔に変わろうとしていた。

まだ早い夜、その日の成果を推敲するとよくなる。情けないのは端《はな》からそう書けないことであった。作家を意識した気取った文章ではないにもかかわらず、鼻について仕方のないものが推敲によって一変すると、あらまあ、といった感じであった。言葉は魔物であった。

そうした一行がなけなしの命の滴りに思えて、もう一絞りするうち彼は机に突っ伏した。やがてアニーが起こしにきて、ベッドに横たわるまでの間は夢心地であった。しかし明け方まで脳は働いていて、目覚めるやつづきがはじまるのだった。

彼は睡魔を撃退するために太股をつねるようになった。だが、強烈な刺激も長くは持たなかった。栓の抜けた樽のような感覚が体にあって、没頭できる時間は短く、曖昧な着想は垂れ流しになっていった。わずかに掬《すく》い取れるものから文章を練り、それをまた加工して、どうにか読めるものにしてゆくという効率の悪い執筆であったが、そんなやり方でも文章は磨かれていった。

やがて庭の木の間に海が見えるようになると、彼は庭仕事をやめて、朝から書斎に閉じ籠った。アニーは安堵しながら、静かに迫る死を意識するのか、よくお喋りに誘った。ソファや庭のベンチに並んで話すことは、気になる小説のすすみ具合や死生観であったりした。庭のときはささやかな海を眺めた。

「ねえ、ジョンのことをもっと聞かせて」

とアニーがねだることもあった。実在した人物を書くからには調べ尽くすのが礼儀だが、ジョン・バンプルーセンには軍の記録のほかに資料と呼べるものがなかった。真知子のいない今、補足できるのはクニオの言葉でしかない。

「彼の故郷はバッファローだが、街のことも家族のことも話さなかった、帰る家はないのも同然だったのだろう、母も詳しくは知らなかったんじゃないかな」

「でも優秀だった、パイロットになれたのだから」

「そう思うが、運もあったろう、アメリカは安い命を必要としていた、黒人とフィリピン人のコンビはニッケルに最適だ」

「アメリカもひどいことをするわね」

「自由と差別の国さ、本土では黒人、グアムではガメニアンが割を食う、ジョンが日本を好きになったのは露骨な差別がないからだろう、彼の日本は狭かったが真知子という運命の人がいた、陽気にならずにいられない」

クニオの記憶にある至福のジョンはニッケルで生還したときではなく、真知子とクリスマスのパーティへ出かけて彼女を見せびらかすときであった。添え物のクニオの目に、周囲の人の反応はおざなりであったが、それもジョンには羨望に見えていたらしい。そのくせ誰かが真知子をダンスに誘うと嫉妬し、取り戻すまで目を離さなかった。バッファローはいっそう遠くなったに違いない。バーコーナーに休むときのふたりは満面に笑みを浮かべて、それぞれに輝いていた。けれども上機嫌の夜はたちまち過ぎて、また操縦桿をにぎるのであった。

「ベトナム戦争が終わってグアムで暮らした歳月が彼にも私たちにも最も平穏な歳月だった、ジョンは海が好きでね、それも地上から眺める海だったと思う、基地の周辺はプライベートビーチのようなものさ、観光客はいない、そこで休日にピクニックをする、暑いから好物の鮨はお預けだが、母が作るトーストのサンドイッチが抜群でね、ぼうっと海を眺めて食べているだけなんだが、不思議なほど幸せだった、時間がゆっくり流れていたせいだろう」

「彼も本を読む人だったの」

「軍関係の専門書はね、小説は滅多に読まなかった、日本文学は皆無だろう、もし谷崎や水上を読んでいたら人生の捉え方も違ったかもしれない」

「真知子さんの影響はあったでしょう」

「もちろん、だが口語は忘れてゆくから」

「私も早く小説を書きたくなってきたわ」

「あと少しのところまできている、たぶん間に合うだろう」

クニオは言った。そばに書き継ぐ人のいることがなぐさめであり、また信じられる書き手であった。

数日後の午後おそく、彼は小説の冒頭部分を脱稿した。なんとか書き終えたことにほっとし、アニーと祝杯を挙げたが、グラス半分のビールも干せなくなっていた。動揺を隠して口を動かすことになった。さっそく原稿を読んだアニーは、完璧ね、と言った。

「美しくなるなら、直してもいいよ」

クニオはそれでいいと思った。小説はバンプルーセン家の運命を通して、不条理からその向こう側へ向かうはずであった。活字になる前に、できることはすべてやってほしいというのが彼の気持ちであった。お粗末なメッセージを小説にそそぐつもりはなかった。

「その辺のことも構成に書いてあるから」

「できるだけ忠実に書くわ、でも、もし気が変わったら許して」

「ああ、いいよ、あとでまた話そう、君に渡しておきたいものがあるから、ちょっと片づけてくる」

彼は言い、世話になった三浦の書斎を元の姿に戻すために立っていった。

いつかしら馴染んだ書斎には古い型のシュレッダーがあって、まだ生きている。彼は机の上の反故《ほご》を処分し、雑巾をかけて、お別れの挨拶にした。アニーに譲る書類や万年筆は底の深いトレイに入れて机の隅に置いた。片づけといってもその程度のことだが、息が弾んでふらつくと、終わりを意識しないわけにもゆかなかった。

気がつくと、彼は本棚から三浦の著書を一冊抜き取って窓辺に立っていた。剪定した庭木の間に海が見えていたが、陽射しの向きのせいか海原は色も冴えず、遊ぶ人影も見えない。家の前の坂道を下ってゆけば海は大きく鮮明になるはずであったが、そこまでして見たいとはもう思わなかった。それでいて目を離せずに、なにかが見えてくるのではないかと期待する気持ちで立っていた。


日は日を連れて木っ端《こっぱ》のように流れていった。クニオはベッドの上であれこれ考えながら、長く思えば歩けないこともなかったが、食事が喉を通らなくなり、鏡を見るのが嫌になるほど痩せ衰えて、もう少し生きたいと願う気持ちも霞みはじめていた。死の近さを身内に感じると、医師を呼ぶ気にはなれなかった。点滴で命を長らえたとして、なんになろう。無理やり生かされて果てるくらいなら、発作的な死であってもいい。そう覚悟していながら、ベッドの上の思考は日に日に不確かになる一方であった。

「こうしていていいのだろうか、君を困らせているだけのような気がする」

「私は別に困っていません」

「だったら、なぜそんな顔をしている」

「生まれつきです」

アニーは化粧で疲労を隠していたが、不安まで糊塗《こと》することはできずにいた。健康な女が現実と向き合い、病人はそっぽを見ているばかりであった。

「何冊か、本を持ってきてくれないか」

「三浦さんのですか」

「いや、なんでもいい、それとなにか音楽を聴きたい」

病間になった寝室で活字を眺めるのが日課になると、束の間、疾苦を忘れることがあった。編集者の目が間違いを見つけてしまったり、思わず作品世界に没入したりするのだった。すると、微かな笑いや自負が干涸《ひから》びてゆく心を癒やした。

意味のない延命を拒んで枯れてゆくことは餓死するようなものであったが、しだいに恐れは薄れていった。ただ思考力が鈍っているだけのような気もする。いつであったか、色っぽい女の口からよい言葉を聞いたことがあるのを、クニオは不意に思い出して口の中でなぞってみた。

「人は生まれて、生きて、死ぬ、〝生きて〟が大事よねえ」

そんなことを言ったのは場末のバーの客であったが、病気どころかぴんぴんしていた女の声に憂慮は感じられなかった。女は本読みであったから、たぶん佳い小説を読んだかしてしみじみそう思ったのだろう。クニオが聞いたとき、彼女は酔っていて、あんた、少しは日本語が分かるのか、と浮世離れした顔で言ったのだった。なぜ今そんなことを思い出すのか分からなかったが、ひどく懐かしかった。うろ覚えの言葉は腑に落ちて、近いと思った。

死はたまたま生まれ合わせて、生きた時代から消え去ることであろう。先人は大勢いるが、体験談は聞けない。生きている人間の利いた風な言葉が頼りである。消えてなくなることの恐れは無知の闇からくる意地悪なミサイルの仕業か、現世への未練がさせる無駄な機銃掃射のようなものに思われた。当たれば苦しむ。彼はしかし、あまり怖れなくなっていた。もっとも、ぼんやりして死ぬために今日まで生きてきたのではなかった。

アニーがジェリービーンズを持ってきて、口に入れておけば溶けるからと言った。ひたすら傍観することはできないのだった。クニオは一粒だけ口に含んで微笑してみせた。そのときベッド脇のスツールに腰掛けて見ていたアニーが、出し抜けに町医者がきていることを告げて、

「五分だけ我慢して」

と言った。

「病院へはゆかないよ」

「分かっています、私を犯罪者にしないで」

まもなく部屋に入ってきた医師は痩せた老人であった。脈を取り、血圧を測り、茶飲み

話でもするように問診をして、本当に五分後には帰っていった。クニオは余命の確認とみて、そろそろなのだろうと思った。医師との間になにか約束事ができたらしく、アニーはいくらかほっとしたようであった。

窓から強い陽射しの入る時間を、彼は最も愉しんだ。昼下がりはベッドも肌も火照るほどで、活字もくっきり見える。急に睡魔に襲われ、目覚めると夜更けだったりする。アニーがとなりのベッドにいて、バンカーズランプを点けたまま寝ているのを見ると、ほっとするより辛くなった。壁を伝ってなんとか洗面所までゆき、血尿を出して戻るとまた眠れたが、朝は遠かった。

後悔はゆくりなくやってきて、ある人にはごめんなさいをし、些細な物事にはまた封をしていった。結局、ジョンの死からなにを学び、なにをしてきたのかと考えることにもなった。楽園の亀にはならなかったものの、日本文学という大海にたゆたい、藻掻《もが》いていただけの人生だったかもしれない。目指した評論家にも作家にもなれなかった。しかし、よい出会いに恵まれ、ばかもして、そこそこ思い切り生きたというのが実感であった。最後に少しばかり小説を書けたことがなぐさめであったが、それも明日読んだら、がっかりするものかもしれなかった。

美しく晴れたらしい夏の日、アニーが朝から忙しくしていて、なにかあるような気配であった。いつもの掃除のあと、ベッドのシーツや枕カバーを替えてくれて、垢の溜まった足も拭いてくれた。風が気持ちいいから、と窓をあけて新鮮な空気を呼び込むと、心なしか海の匂いが広がった。

「今日、車椅子を借りられることになったの、また庭へ出られるわ、らくちんよ」

彼女は吉日を演出していた。

「ちょっと先まで車で取りにいかなければならないけど、留守にしても大丈夫かしら」

「大丈夫だよ、今日は気分がいい」

枯れた体に生暖かい風が快く、クニオは用意された吉日を素直に味わった。もし神がいるなら、アニーという名であった。

窓の外に鳥の声がして、野生は生き生きとしているらしかった。アニーが洗濯物を干す物音も聞こえてくる。部屋に流れるギターだけのボサノバも彼女が選んだもので、今日の気持ちに合っていた。やがてヘリコプターの音も聞こえてきた。それらはすべてこの世の音であった。

彼は手鏡をとってヘリが映るかどうか試してみたが、無駄であった。かわりに豊かな葉を取り戻した庭木が見えて、たくましい命の仕返しに苦笑した。これから庭木は思い切り伸びて、夏の光を満喫し、やがてアポトーシスの季節を迎えるだろう。四季ごとに変様を繰り返しながら子孫を残し、自らも年を生き継ぐ木々こそ賢明かもしれないと思った。

手鏡を持つのも疲れて、彼は向かいの壁に目をやった。三浦夫人が残した壁掛けが今もそのままあって、スイスの山らしい油絵であった。クニオは登山などしたことがなかったが、山を眺めるだけなら行ってみたい気がした。彼が知る山は富士山と八ヶ岳くらいであった。それも麓に作家が住んでいたので、じっくり見てきたようなものである。他社の編集者が三年に一度は夫婦でヨーロッパの山を巡ると聞いたとき、いつか自分もと思いながら、計画を立てる暇すらなかった。今もし健康なら、ヨーロッパと言わず、どこかの山の下でアニーとのほほんとしてみたかった。絵の山は雪を頂きながら、空が澄み切っているせいか暖かそうであった。

珍しく外に人声がして、近所の人がなにかを届けにきたらしかった。土地の人は声が大きく、とりわけ年輩の女性はあたりを憚らない。あたりといってもなにもないようなものだが、気になるのが都会の人間で、アニーの声は聞き取れない。

「まあ食ってみな、これっぱかし、なんでもねえよう」

そんな声と高笑が聞こえてきた。アニーが世間とうまくやっているらしいことにほっとするうち、急に眠くなってきて彼は目を閉じた。人声が遠くなり、海に漂うような眠りに落ちてゆくと、あとは底なしの休らいであった。

「行ってきます、急いで帰ります」

しばらくして目覚めると、ナイトテーブルの本の上に大きなメモが見えて、車椅子のことを思い出したが、もうその必要もないように思われた。アニーは儚《はかな》い夢を見ているのかもしれなかった。部屋はほどよい陽だまりになっていた。

明るいわりに寒い気がして枕辺の陽射しに手を差すと、膨らんで見える静脈は太いだけで血が流れているとも思えない弱々しさであった。弾力をなくした皮膚にも明日を見ることはできない。指を折ると拳ができたが、哀しい握力であった。

死の迎えがすぐそこまできているのを感じると、彼はまた眠りたくなったが、一抹の心残りが脳裡をかすめて踏みとどまった。アニーに会いたいと思いながら、彼女がいなくてよかったとも思った。その瞬間につきあわせるのは気の毒な気がしてならなかった。今ごろ車椅子を小さな車に積んで、引《ひ》き攣《つ》った顔でアクセルを踏み込む女が目に浮かぶと、幸せだと思った。

やがて彼は読みさしの本を開いて、昨日のつづきを読みはじめた。手にしたのは〝ファーマー〟で、この上なく美しい文章の世界が広がっている。それは彼が手がけた中で最も美しい本でもあった。主人公が密かに憧れた都会の女性像をカバーに用い、タイトルにつきまとう重たい土の匂いを払うと、なぐさめようのない過酷な人生が柔らかい情趣に包まれていった。意表を衝くデザインは同業者の眉をひそめさせ、購読する人の予想を裏切りもしたが、終盤のアニーの訳補がそれもこれも洗い流し、あとには違和感どころか、しみじみとする深い眼差しがとどまるものになった。三年、五年と経つほど読者の感懐は深まり、〝ファーマー〟の世界をその人なりに掘り下げてゆくに違いなかった。

「やっぱり違うなあ、まいったよ」

　わざわざカナダからそう言ってきた秋庭の賛辞が身に染みて、クニオは彼の暮らす小島を夢に見たほどであった。そこではやはり年を重ねた男が、結局ひたすら本を読んでいるのだった。

「一度くらい、遊びにこいよ」

　夢の中で彼は言った。なんと答えたのかクニオは忘れてしまったが、次の瞬間にはその小島で秋庭と語り合えるのが夢であった。

　ふっと今日の現実に還った彼は改めてカバーに目をやり、また読書に戻った。限界まで衰えた体は冷えていたが、目はアニーの文章を追って飽きなかった。まだそうして読めることに喜びを覚え、しなやかな日本文に魅せられてゆくうち我を忘れた。自身も〝ファーマー〟の世界に立っているような気がし、そのまま歩いてゆけそうな快い幻視のときが流れた。するうち不意に力が尽きてページも繰れなくなると、彼は同じページに目をあてながら命の滴りにも似た余情を味わった。じきに文字も見えなくなったが、かわりに女の掌を肩口のあたりに感じ、ああ、アニーがいる、そう思った。死のほかに邪魔するものはなく、部屋には強い陽射しが満ちて、どこかの海から雪山を見ているような眩しさであったが、匂やかな余情を連れた意識はのどかに縹渺《ひょうびょう》として、遠いむかしに旱魃《かんばつ》や国策を相手に闘ったファーマーのもとへ向かうばかりであった。

初出

小説新潮　2022年4月号〜2023年2月号
単行本化に際して『クニオ・バンプルーセン』に改題した

意匠考案　乙川優三郎
装幀　　　新潮社装幀室

クニオ・バンプルーセン

発行 2023.10.20

著者 乙《おと》川《かわ》優《ゆう》三《ざぶ》郎《ろう》

発行者 佐藤隆信
発行所 株式会社新潮社
〒162-8711 東京都新宿区矢来町71
電話 編集部03-3266-5411 読者係03-3266-5111
https://www.shinchosha.co.jp

印刷所 大日本印刷株式会社
製本所 大口製本印刷株式会社

乱丁・落丁本は、ご面倒ですが小社読者係宛お送り下さい。

送料小社負担にてお取替えいたします。

価格はカバーに表示してあります。

©Yuzaburo Otokawa 2023, Printed in Japan
ISBN978-4-10-439310-7 C0093